www.tredition.de

AF177498

Miriam Schreiber

Manchmal werden kluge Frauen doch geheiratet

Chaosqueen Milla Madison ist zurück

© 2018 Miriam Schreiber

Verlag und Druck: tredition GmbH, Hamburg

ISBN
Paperback: 978-3-7469-5291-8
Hardcover: 978-3-7469-5292-5
e-Book: 978-3-7469-5293-2

Prof Dr. Miller
University of Texas
Austin, Texas
USA

Milla Madison
Landwehrstraße 1c
50667 Köln

05. Mai 2018

Betreff: Fehler in der Studie über kluge Frauen

Sehr geehrte Frau Madison,

es tut mir sehr leid, dass unsere Studie Sie verunsichert hat. Bei den erhobenen Daten war das Ergebnis jedoch eindeutig. Dennoch kann es selbstverständlich Abweichungen geben, so dass auch Frauen mit einem überdurchschnittlich hohen Intelligenzquotienten den Mann fürs Leben finden.

Ich freue mich zu hören, dass Sie Ihren Mr. Right gefunden haben. Vielen Dank auch für das Attest Ihrer Psychologin. Natürlich möchte ich Ihnen nicht unterstellen, dass Sie verrückt sind.

Leider ist es mir aus terminlichen Gründen nicht möglich, zu Beweiszwecken an Ihrer Hochzeit teilzunehmen, um die Fehlerhaftigkeit der von uns durchgeführten Studie zu belegen. Ich wünsche Ihnen dennoch eine schöne Hochzeit und alles Gute für Ihre Ehe.

Ich bedauere Ihnen mitteilen zu müssen, dass wir die Kosten für die kostenpflichtige Dating-Seite HappyCouplesForever, zu deren Mitgliedschaft unsere Studienergebnisse Sie veranlasst haben, nicht übernehmen können.

Sollte es zu weiteren Erhebungen bezüglich kluger Frauen und deren Wahrscheinlichkeit einen festen Partner zu finden kommen, werde ich Sie gerne anschreiben. Leider lässt sich das Merkmal „chaotisch" nicht zusätzlich in die Studie einbauen, da es sich hierbei nicht um ein empirisch fest umrissenes und damit überprüfbares Merkmal handelt.

Mit freundlichen Grüßen,

Prof. Dr. George Miller

Eins

Das Mutigste, das man tun kann,

ist eigenständiges Denken.

Und zwar lautstark.

Coco Chanel

Es war noch immer wie ein Traum. Ich, Milla Madison, 39, Lehrerin, mit einem IQ von 142, alleinerziehend und chaotisch, würde heiraten. Und das entgegen aller empirischen Studien. Es gab also doch noch Wunder. Vor nun fast zwei Jahren hatte ich mich vom Vater meiner Kinder, Ruby und Joshua, getrennt und war von einem Dating-Desaster ins Nächste geraten. Ohne meine beste Freundin Louise, meinen Kollegen Marc und meinen besten Freund Steve hätte ich diese Zeit wohl nicht ohne bleibende Schäden überstanden. Eine Studie der Universität Texas, über die Chancen intelligenter Frauen den Mann fürs Leben kennen zu lernen, hatte meine Panik auf die Spitze getrieben. Gott sei Dank hatte ich Brad gefunden. Er liebte mich so wie ich war. Wir hatten uns auf einer Dating-Seite kennengelernt und ich wusste sofort, dass er der Mann war, mit dem ich den Rest meines Lebens verbringen möchte. Auch die Entfernung war für uns kein Hindernis. Brad wohnte in München und ich in Köln. Wir sahen uns so oft es ging und genossen die gemeinsame Zeit. Mein Vater hatte noch immer Probleme, die neue Form des Datings nachvollziehen zu können und fragte mich ständig, „Wo hast du Brad nochmal kennengelernt? Bei ebay, oder?" Naja, nicht ganz, aber es machte wenig Sinn, meinem Vater zu erklären, wo wir uns kennengelernt hatten. Also erzählte mein Vater weiterhin allen Bekannten, dass seine Tochter bald den Mann, den Sie auf ebay gefunden hatte, heiraten würde.

Es war mir egal, was die anderen Leute von mir dachten, Hauptsache Brad hielt mich nicht für komplett durchgeknallt... und dafür hatte er schon allerlei Anlässe. Bei dem Gedanken daran musste ich schmunzeln. Als Brad und ich meine Eltern das erste Mal in Düren besucht hatten, kam uns meine Mutter auf Inline-Skates, mit Knieschonern und einem Fahrradhelm entgegen. Natürlich ist Sicherheit wichtig, aber fürs erste Aufeinandertreffen hatte ich mir ein eher unverfänglicheres Outfit gewünscht. Brad fand das gar nicht eigenartig, sondern eher bewundernswert, dass meine Mutter mit fast 70 Jahren noch so sportlich war. Mein Vater hatte Brad anschließend mit der Dürener Lokalspezialität abgefüllt und allerlei Dürener Weisheiten zum

Besten gegeben. Wenn ich so darüber nachdachte, hatte ich bei den Eltern nicht den Hauch einer Chance annähernd normal zu werden.

Als mein zehn Jahre jüngerer Bruder Tim seiner Freundin einen Heiratsantrag gemacht hatte, hatte meine Panik den absoluten Höhepunkt erreicht. Ich hatte mir solche Gedanken gemacht, dass mich jetzt alle für komisch hielten, da ich zwar beruflich meinen Weg gegangen war, aber es nicht geschafft hatte jemanden zu finden der mich, die ältere Schwester, heiratete. Louise, die mich aufheitern wollte, hatte es geschafft, das Chaos perfekt zu machen und so kursierte ein Foto, das mich im Hochzeitskleid auf dem Weg zur Psychologin zeigte, durch die sozialen Netzwerke. Spätestens da war ich mir sicher, dass ich wieder Single sein würde. Es gab keine Worte, die diese Situation hätten erklären können. Aber Brad verstand mich und machte mir sogar auf Tims und Emmas Hochzeit einen Heiratsantrag. Seitdem war ich der glücklichste Mensch auf dieser Welt und lief mit einem grenzdebilen Dauergrinsen herum.

Ich weiß nicht, wie oft ich schon meinen neuen Namen, Milla Madison-Willis, geübt hatte. Vielleicht sollte ich die Herzchen über den i-Punkten noch einmal überdenken. Eventuell wirkte das als Unterschrift nicht sonderlich vertrauenserweckend und man würde meine Geschäftsfähigkeit in Frage stellen.

Zwei

Wenn du immer

versuchst normal zu sein,

wirst du nie herausfinden

wie großartig du sein kannst.

Maya Angelou

Nur noch eine Woche, dann waren endlich Pfingstferien und ich konnte mich voll und

ganz der Hochzeitsplanung widmen. Eigentlich wollten Brad und ich erst nächstes Jahr heiraten. Da ich mein Kleid aber schon ausgesucht hatte, gab es keinen Grund zu warten. Um mich aufzuheitern hatte Louise mich damals in ein Brautmodengeschäft geschleppt, da ich ja fest davon überzeugt war, dass ich nie jemanden finden würde, der mich heiratete. Ich wollte mich einmal im Leben als Braut fühlen und ein weißes Kleid tragen. Ohne damals auch nur die Aussicht auf eine Hochzeit zu haben, hatten Louise und ich Brautkleider anprobiert und ich hatte mich spontan in ein wunderschönes Kleid verliebt.

Für mich stand sofort fest, dass wenn ich jemals heiraten sollte, dann nur in diesem Kleid. Das Klingeln des Telefons riss ich aus meinen Gedanken. „Ich habe schon so viele großartige Ideen für deinen Junggesellinnenabschied." Alleine der Gedanke daran, dass Louise meinen Junggesellinnenabschied plante, machte mir etwas Angst. Ich befürchtete Schlimmes. „Versprichst du mir, dass du keine peinlichen Spielchen und Aktionen planst?" Natürlich war mir klar, dass das nicht möglich war. Zumindest nicht, solange Louise bei der Planung federführend war. „Du wirst es lieben, Milla." Louises

Begeisterung hatte keine Grenzen. Sie war völlig in ihrem Element.

„Nur noch eine Woche, dann hast du Ferien". Louise versuchte geschickt vom Thema Junggesellinnenabschied abzulenken. Vermutlich hatte sie die Befürchtung, dass ich klare Einschränkungen nennen würde.

„Ja, die Ferien kommen kein bisschen zu früh", seufzte ich. So kurz vor den Sommerferien gab es in der Schule immer Unmengen an Arbeit. Leider ließ auch die Motivation der Schüler merklich nach. „Ich habe meiner Klasse versprochen, dass wir morgen in der ersten Stunde zusammen frühstücken". Ich war die Klassenlehrerin einer siebten Klasse. Marc und ich hatten die gemeinsame Klassenleitung und hatten uns von unseren Schülern überreden lassen, mit ihnen zu frühstücken. Offensichtlich hielten sie uns für eine Art Breakfast Club. Naja besser, als wieder mit meiner Klasse in der Schule zu übernachten. Seit der letzten Übernachtung wusste ich, warum Schlafentzug als Foltermethode eingesetzt wurde.

„Bist du wahnsinnig, Milla. Du bist freiwillig mit dreißig Kindern, die alle Messer haben, in eine Raum?!" So hatte ich das noch gar nicht betrachtet. Ich musste laut lachen. „Ich unterrichte keine Psychopathen, Louise." Als wir das Telefonat beendet hatten, packte ich vorsichtshalber Plastikbesteck ein.

Joshua und Ruby hatten Papa-Wochenende und ich beschloss bei Jagger, unserem Golden Doodle, auf der Couch zu schlafen. Mitten in der Nacht, wurde ich durch Jaggers Bellen wach. Er stand vor der Eingangstüre, die in den Innenhof hinausführte.

„Jagger, es ist alles gut", rief ich ihm beruhigend entgegen. Ich war so müde, dass ich meine Augen nicht öffnen konnte. Jagger lief aufgeregt zwischen mir und der Eingangstüre hin und her.

Es führte kein Weg daran vorbei, ich musste aufstehen, bevor er alle Nachbarn weckte. Noch völlig schlaftrunken ging ich in meinem Schlafanzug zur Eingangstüre und öffnete sie einen Spalt. Schlagartig war ich wach. Aus der Wohnung gegenüber stiegen schwarze Rauchwolken in den Himmel. Jagger musste den Qualm gerochen haben. Geistesgegenwärtig griff ich nach meinem Handy und wählte den Notruf. Der Mann in der Leitstelle versprach direkt einen Einsatzwagen zu schicken. Ich rannte nach draußen. Keiner meiner Nachbarn schien etwas von dem Brand mitbekommen zu haben. Hoffentlich war der alten Dame, die in der Wohnung lebte, nichts passiert. Ich rannte zum Gartentörchen, das zu dem kleinen Grundstück vor ihrem Wohnzimmer führte und versuchte es zu öffnen. Mist, es war verschlossen. Ich kletterte hinüber und zerriss mir dabei die Schlafanzughose. Als ich vor Frau Themanns Wohnzimmer stand, sah ich hohe Flammen. Ich klopfte wie wild gegen ihre Türe. Es kam keine Antwort. Panik stieg in mir auf. Ich musste etwas tun. Vielleicht war Frau Themann ohnmächtig. Vielleicht dauerte es noch, bis der Krankenwagen eintraf. Das konnte ich nicht riskieren. Ich musste in ihre Wohnung, um ihr zu helfen. Schnell suchte ich mir einige Steine und warf die Scheibe ein. Zum Glück hatte ich Backdraft gesehen. In dem gleichnamigen Spielfilm wurde erklärt, dass sich bei einem Brand in geschlossenen Räumen durch die Zufuhr von Sauerstoff eine Rauchgasexplosion bilden konnte, die die Flammen durch die geöffnete Türe nach draußen schießen ließen und so zu erheblichen Gefahren für die Rettungskräfte führten. Ich rechnete also fest mit einer solchen Rauchgasexplosion. Da sage noch einmal jemand, Fernsehen bildet nicht. Im Garten fand ich ein nasses Tuch und hielt es mir vor Mund und Nase. Als die Flammen den Weg in die Wohnung freigaben, ging ich hinein. Der Rauch brannte in meinen Augen und sie fingen an zu Tränen. Frau Themann lag auf der Couch und bewegte sich nicht. Ich rannte zu ihr und sprach sie an. Hoffentlich war es nicht zu spät. Ich musste sie schnell nach draußen bringen.

Bewusstlose Personen sind ziemlich unhandlich. Ich griff ihr unter die Arme und schleifte sie ins Freie. Frau Themann hatte keinen spürbaren Puls mehr. Wo blieben denn die Feuerwehr und der Rettungswagen? Die Zeit seit ich den Notruf abgesetzt hatte, kam mir wie eine Ewigkeit vor. Oh nein, oh nein. Frau Themann durfte nicht sterben. Ich begann mit der Wiederbelebung. Das ist ein echter Vorteil, wenn man sich alles merken konnte. Neben allen möglichen unnützen Informationen, wie sämtlichen Sprösslingen der Stars, wer mit wem zusammen war, wie lange schon oder seit wann nicht mehr, konnte ich mich glücklicherweise auch noch daran erinnern, wie man eine Wiederbelebung richtig durchführte. Mittlerweile hatten auch die ersten Nachbarn mitbekommen, dass es im Nachbarhaus brannte. Endlich kam auch die Feuerwehr. Die Rettungssanitäter kamen mit einer Trage auf mich zugelaufen.

„Das ist Frau Themann, sie lag auf der Couch in ihrem Wohnzimmer. Sie war beim Auffinden nicht ansprechbar und hatte auch keinen Puls mehr. Ich habe die Wiederbelebung eingeleitet", brach es aus mir heraus und ich war froh, dass sie nun endlich professionelle Hilfe bekam. Die Rettungssanitäter brachten Frau Themann in den Krankenwagen. Ein Feuerwehrmann kam auf mich zu. „Haben Sie die Feuerwehr gerufen?" Er befragte mich zu Frau Themann und wann ich den Brand bemerkt hatte. Die Feuerwehrleute hatten mittlerweile mit dem Löschen des Brandes begonnen. Wie angewurzelt stand ich im Innenhof. Mein Kopf war leer und meine Augen brannten noch immer. Jagger stand neben mir und stupste mich mit seiner Schnauze an. Aus meinem weißen Hund war durch den ganzen Ruß ein grau-schwarzer geworden. Einer der Rettungssanitäter berührte mich am Arm. „Frau Themann ist wieder bei Bewusstsein. Durch ihre Rettungsaktion hätten Sie sich selber in Gefahr bringen können, aber wahrscheinlich haben Sie Frau Themann das Leben gerettet." Ohne darüber nachzudenken antwortete ich, „Ich habe Backdraft gesehen. Ich wusste was ich tue". Der Rettungssanitäter schaute mich amüsiert an. „Wir sollten Sie mit ins Krankenhaus nehmen, um auszuschließen, dass Sie sich eine Rauchvergiftung zugezogen haben." Entrüstet schaute ich ihn an. „Ich kann nicht mit ins Krankenhaus. Ich habe meiner Klasse versprochen, morgen mit ihnen zu frühstücken. Da würde nur Koma als Grund für ein Nichterscheinen zählen." Der Leiter des Feuerwehreinsatzes, der dazu gekommen war und der Rettungssanitäter schauten sich grinsend, aber nicht ohne Besorgnis an. Vermutlich versuchten sie herauszufinden, ob meine Äußerung auf einen Zustand der geistigen Verwirrtheit, hervorgerufen durch eine eventuelle Rauchvergiftung begründet war. „Mir geht es gut. Wenn Sie mich jetzt nicht mehr brauchen, gehe ich jetzt wieder schlafen." Im Weggehen drehte ich mich um und fügte hinzu, „Meine eigentliche Superkraft ist nämlich das Unterrichten."

Jagger hatte sich auf der Couch neben mich gekuschelt. Puh, stank er nach Rauch. Ohne ihn wäre es für Frau Themann sicherlich nicht so glimpflich ausgegangen. Zärtlich kraulte ich sein Köpfchen. Mein kleiner Lebensretter hatte sich definitiv morgen ein extra Leckerli verdient. Ein Blick auf die Uhr verriet mir, dass mir nur noch drei Stunden Schlaf bleiben würden.

Drei

Unvollkommenheit ist Schönheit,

Wahnsinn ist Genialität und es ist besser

absolut lächerlich als absolut langweilig zu sein.

Marylin Monroe

Als mein Wecker klingelte fühlte ich mich absolut gerädert. Es kam mir so vor, als wäre ich gerade erst eingeschlafen. Ich musste an diese Nacht denken. War das wirklich alles passiert? Es kam mir so unwirklich vor. Ich griff nach meinem Handy, um meinen Alarm auszustellen. Sofort sprangen mir die fünfzehn neuen Nachrichten ins Auge.

„*Guten Morgen, meine Heldin*", hatte Brad mit drei Küssen geschireben. Wieso Heldin? Na klar war ich toll, aber Heldin? Trotzdem irgendwie süß.

Louise hatte mir eine Nachricht und ein Foto geschickt. Ich öffnete ihre Nachricht.

„*Jetzt weiß ich auch, was du nachts machst...*" Als ich das Foto öffnete, verfiel ich augenblicklich in eine Art Schockstarre. Louise hatte mir einen Zeitungsartikel geschickt. Unter der Überschrift „*Frau rettet Nachbarin nach Wohnungsbrand*" war ein Foto von mir in meinem zerrissenen Schlafanzug, mit rußverschmiertem Gesicht und Haaren, die in alle Richtungen abstanden. Dass ich ungeschminkt war, muss ich glaube ich nicht extra erwähnen. Neben mir saß Jagger. Wie konnte das nur wieder passieren? Erst das Bild von mir im Brautkleid auf dem Weg zur Psychologin und jetzt das. Ich saß auf meinem Sofa und seufzte hörbar. Jagger schaute mich auffordernd an. „Du siehst wenigstens gut auf dem Bild aus. Es weiß ja keiner, dass du eigentlich weiß bist." Ab jetzt würde ich nur noch völlig gestyled und mit einem perfekten Make-up schlafen gehen. Die Wahrscheinlichkeit, dass ich wieder in einer solchen Situation und in einem unangemessenen Outfit einer breiten Öffentlichkeit präsentiert wurde, ging ja wohl gen null. So etwas passiert einem normaler-weise noch nicht einmal ein zweites Mal. Im-merhin stand ich nicht im Rampenlicht und musste mir Gedanken um positive PR machen. Im Gegensatz zu Britney Spears und Paris Hil-ton, hatte ich zumindest immer einen Schlüppi, das war Louises Wort für Unterhose, an. Ich als Normalo war definitiv mit unvorteilhaften Fotos von mir durch. So etwas würde mir definitiv nie wieder passieren.

Hoffentlich hatte das Foto keiner gesehen. Wer liest denn in Zeiten des Internets noch die Tageszeitung?! Ich machte mich in Windeseile fertig und fuhr meinen Kollegen Marc abholen.

„Na Lebensretterin" , rief er mir zur Begrüßung entgegen. Naja, vielleicht hatten es doch einige Leute mitbekommen. „Ich möchte nicht darüber sprechen" , entgegnete ich gespielt böse. „Vielleicht solltest du beim nächsten Ereignis dein Outfit noch einmal kritisch hinterfragen", scherzte Marc unbeirrt.

„Hallo?! Ich bin eine Heldin. Wichtig ist die Tat und nicht das Outfit. Naja, dass du eher oberflächlich bist, weiß ich ja nicht erst seit gestern."

Als wir auf dem Parkplatz der Schule ankamen, kamen uns Ceyda, Ronda und Alihan schon entgegen gelaufen. „Frau Madison sie sind voll Superwoman." Ronda starrte mich an und ich hatte das Gefühl, dass sie erwartete, dass ich ihr jetzt eine Kostprobe meiner Superkräfte präsentierte. Alihan musterte mich von oben bis unten. „Sie sind nicht Superwoman, sie sind definitiv Catwoman. Wenn einer das Catwoman Outfit tragen kann, dann Sie, Frau Madison."

Bei meinen Kollegen hatte sich meine nächtliche Rettungsaktion auch schon herumgesprochen. „Na, hast du gut geschlafen?", fragte mich Thomas augenzwinkernd. Ich grunzte etwas Unverständliches und ging zur Kaffeemaschine und stellte mich an. Einen Superheldenbonus gab es hier anscheinend nicht.

In der ersten Stunde hatte ich Politik in der fünften Klasse. Das Thema war kommunale Mitbestimmung und die Schüler hatten den Arbeitsauftrag, mich als Bürgermeisterin davon zu überzeugen, dass ich das Freibad vor Ort nicht schließe. Als Grundlage dazu diente ein Text, den wir vorher zusammen gelesen hatten.

Michael meldete sich. „Sie dürfen das Freibad nicht schließen, weil es sowieso schon nicht so viele Orte gibt, an denen sich die Kinder in ihrer Freizeit aufhalten können. Wir haben ja sonst nur noch das Jugendheim. Was ist eigentlich ein Jugendheim, Frau Madison?" Ich stellte Michaels Frage in die Runde. Cem meldete sich und ich nahm ihn dran. „Das ist ein Haus, wo Kinder hinkommen, die keine Eltern mehr haben". Ich klärte die Klasse auf, dass dies ein Kinderheim oder eine Wohngruppe sei und ein Jugendheim Jugendlichen unterschiedliche Freizeitangebote bot. Eigentlich wollte ich mit dem Thema fortfahren, aber die Rechnung hatte ich ohne die Klasse gemacht. Anscheinend hatten sie sich an dem Thema Kinderheim festgebissen. „Warum können die Kinder denn nicht zu anderen Familien?" Ich erklärte der Klasse, dass die Möglichkeit einer Adoption bestand, aber dass dies in Deutschland schwierig sei.

Tanja meldete sich. „Was ist eigentlich eine Leihmutterschaft?" Verflucht, wie konnte das schon wieder passieren?! Egal, welches Thema ich in Politik in den Klassen 5 und 6 hatte, es endete immer damit, dass ich Aufklärungsarbeit leisten musste. Wer hätte das vorher ahnen können, schließlich ging es ganz unverfänglich um Möglichkeiten der Gemeindemitglieder, sich an Entscheidungen zu beteiligen. Ich versuchte wieder auf das Ursprungsthema zurück zu kommen, aber es war unmöglich. Also versuchte ich auf möglichst unverfängliche Art und Weise den Begriff Leihmutterschaft zu erklären. Als ich meine Erklärung beendete, schaute ich in entsetzte und erstaunte Gesichter. Delana schnipste wild mit dem Finger. „Meine Tante hat ihr Baby viel zu früh bekommen." „Mittlerweile ist die Medizin in diesem Bereich schon sehr fortgeschritten und selbst Babys, die in der 24. Schwangerschaftswoche geboren werden, haben gute Chancen zu überleben. Die Babys sind dann nur so groß wie die Handinnenfläche." Fabian betrachtete seine Handinnenfläche und fragte nachdenklich, „Aber wie schnallt man denn das Baby dann im Auto an?" Ich musste lächeln. „Babys die zu früh geboren werden, müssen noch eine Weile in den Brutkasten, da sie ihre Körpertemperatur noch nicht so gut regulieren können." Fabian sah mich entsetzt und entrüstet an. „Man steckt sie in einen Brotkasten?!" Ich klärte das Missverständnis auf und alle waren beruhigt. Schließlich schaffte ich, die Klasse trotz des interessanten Themas, wieder in die richtige Richtung zu lenken. Beim Verlassen der Klasse, kam Cem auf mich zu. „Frau Madison, ihr Unterricht ist immer voll spannend. Wir lernen so viel bei Ihnen. Sie lassen uns auch einmal über den Tellerrand schauen." Ich schaute ihn erstaunt an. Vielleicht würde ich doch weiter aufklären.

In der zweiten Stunde hatte ich Unterricht in meiner Klasse. Als Marc und ich die Klasse betraten, wurde wir schon freudig empfangen. Wir erklärten kurz den Ablauf und die Regeln für das Frühstück und es konnte losgehen. Ich schaute kurz auf mein Handy und sah, dass Joshua schon mehrmals versucht hatte, mich anzurufen. Augenblicklich stieg leichte bis mittelschwere Panik in mir auf. Joshua besuchte die achte Klasse des Gymnasiums und seine Klasse machte heute einen Ausflug zu einer Ausstellung in Oberhausen. Für alle Kinder waren Klassenausflüge ein Grund zur Freude. Joshua, der Autist war, wäre lieber zur Schule gegangen, da er alles verabscheute, was seinen gewohnten Tagesablauf durcheinander brachte. Gestern waren wir vor dem Schlafengehen noch einmal alle Situationen, die auf ihn zukamen, wie beispielsweise die Zugfahrt und den Museumsbesuch durchgegangen, damit er sich schon einmal gedanklich darauf vorbereiten konnte.

Ich gab Marc ein kurzes Zeichen und ging vor die Klassentüre, um Joshua anzurufen.

„Ich habe mich verlaufen. Ich habe mir auf dem Weg zum Museum kurz etwas angeschaut und als ich mich umgedreht habe, war meine Klasse weg." Joshua klang verzweifelt. Okay, meine Panik war also nicht unberechtigt. Ich bekam Herzrasen, bei der Vorstellung wie schlimm diese Situation für Joshua sein musste.

„Bleib wo du bist mein Schatz. Wir kommen." „Wer ist wir?" Joshua klang noch verwirrter. „Das erkläre ich dir später. Alles wird gut." Ich rannte ins Sekretariat. Glücklicherweise war mein Chef gerade nicht im Unterricht. „Können Marc und ich bitte spontan mit unserer Klasse einen Unterrichtsgang nach Oberhausen machen?" Mein Chef schaute mich amüsiert an. „Heute?" Ich erklärte ihm die Situation und er stimmte zu. Ich hatte den besten Chef, den man sich vorstellen konnte. Unsere Sekretärin Irene schaute mich amüsiert an. „Bei dir gibt es auch keinen normalen Tag, oder Milla?" „Normal kann ja jeder", antwortete ich verzweifelt seufzend. Schnell füllte ich die Formulare für den Unterrichtsgang aus und lief zurück in meine Klasse. Die Schüler waren schon fast mit dem Frühstück fertig und hatten mit dem Aufräumen begonnen.

„Wo waren Sie so lange, Frau Madison? Sie haben ja das ganze Frühstück verpasst." Susanne sah mich fragend an.

„Ich habe eine Überraschung für euch." Jetzt hatte ich die Aufmerksamkeit meiner kompletten Klasse. „Wir machen jetzt einen Ausflug nach Oberhausen." Die Klasse brach in Jubel aus. Marc schaute mich kritisch an. „Ich erkläre es dir auf dem Weg." Schnell packten unsere Schüler ihre Sachen zusammen und es konnte losgehen. „Was machen wir denn in Oberhausen?" , wollte Kathrin wissen. „Wir machen eine Schnitzeljagd", antwortete ich. „Und was suchen wir?" „Wie cool ist das denn?"

Als alle im Zug in Richtung Oberhausen saßen, erklärte ich die Regeln für die „Schnitzeljagd". „Wir suchen meinen Sohn Joshua. Ich habe ihn in Oberhausen versteckt. In regelmäßigen Abständen werde ich ihn anrufen und euch Hinweise auf seinen Standort geben. Ihr könnte dann eure Handys benutzen und versuchen herauszufinden, wo er gerade ist." Susanne kam zu mir. „Sie haben nicht ernsthaft ihren Sohn in Oberhausen versteckt, oder?" Naja, versteckt war vielleicht nicht das richtige Wort. Marc wusste mittlerweile, was passiert war und half mir aus meinem Erklärungsnotstand. „Es dürfen keine weiteren Fragen gestellt werden." Er zwinkerte mir aufmunternd zu. „Das mit der Handysuche ist eine clevere Idee von dir, Milla."

Ich rief Joshua erneut an. Er berichtete mir, dass er vom Hauptbahnhof in die Straßenbahn mit der Nummer vier gestiegen war und nach drei Stationen, als er seine Klasse in der Bahn nicht finden konnte, wieder ausgestiegen war. Glücklicherweise hatte Joshua ein gutes Detailgedächtnis und ein großes Interesse an Zahlen. Das war in diesem Fall von großer Hilfe. Ich gab diese Information der Klasse weiter und alle fingen an, die Informationen in ihre Handys einzugeben. „Er ist am Kaiserplatz ausgestiegen", rief Samira triumphierend. „Sehr gut, Samira", lobte ich sie. Erneut rief ich Joshua an. „Wann kommst du denn endlich?" Joshua klang beunruhigt. „Bist du noch immer da, wo du ausgestiegen bist, Joshua?" „Ich bin ungefähr 500 Meter geradeaus gegangen und dann links abgebogen." Sofort gab ich den neuen Hinweis an meine Schüler weiter und alle tippten wieder wild auf ihrem Handy herum. „Kannst du ein besonderes Gebäude in deiner Nähe sehen? Wir brauchen einen Anhaltspunkt." Es vergingen einige Sekunden, die mir wie eine Ewigkeit vorkamen. Bestimmt war es für Joshua nicht so einfach zu bestimmen, was ich als „besonders" empfand. Ich musste konkreter werden. „Gibt es ein Haus, dass eine auffällige Farbe hat oder eine Kirche dort, wo du bist?" Dann kam mir eine andere Idee. „Kannst du mir Fotos von den Gebäuden um dich herum schicken?" Kurze Zeit später hatte ich einige Bilder, die ich in die Klassengruppe stellte. „Er ist in der Lohenserstraße, Frau Madison." Ich hätte Lisa vor Freude umarmen können. Wir wussten also, wo Joshua war. Ich rief Joshua an und er wirkte hörbar erleichtert, als ihm sagte, dass wir bald dort sein würden.

Am Bahnhof angekommen, hetzten wir in Richtung S-Bahn. Eine Gruppe amerikanischer Touristen stoppte uns. Auf Englisch fragten sie mich, „Wann hat denn der Schwarzwald geöffnet? Wir sind auf dem Weg dorthin." Gedankenabwesend und irritiert von der Frage antwortete ich, „Der ist nur von Juli bis September zwischen 10 und 16 Uhr geöffnet." Dann rannte ich mit meiner Schülerschar im Schlepptau weiter und ließ die verdutzten Amerikaner zurück. Marc stupste mich an, um meine Aufmerksamkeit zu bekommen. „Was war das denn für eine Antwort, Milla? Du hast denen den Urlaub versaut." Er konnte sein Lachen jedoch nicht verbergen. „Als wenn das eine ernst gemeinte Frage gewesen wäre?!" Dann fiel mir wieder ein, dass es in Amerika Nationalparks mit Öffnungszeiten gab und man Eintritt bezahlen musste. Na toll, jetzt hatte ich auch noch ein schlechtes Gewissen. Ich rannte zurück und gab der amerikanischen Reisegruppe Auskunft. Ihre Gesichter hellten sich merklich auf.

„Frau Madison, mich hat etwas gestochen. Das tut voll weh", jammerte Denise. Ich warf einen kurzen Blick auf den Stich und fragte sie, ob sie gegen Stiche allergisch sei, um einen anaphylaktischen Schock auszuschließen. Als Denise dies verneinte, sagte ich, „Mittelstrahlurin hilft."

Marc fing an zu lachen. „Ihr ernst, Frau Madison?" Natürlich war das ein Scherz. „Mach Spucke drauf, das desinfiziert und lindert den Juckreiz." Denise schaute mich prüfend an. „Das ist jetzt wirklich mein Ernst."

Mein Telefon klingelte. Es war Brad. „Hallo mein Schatz. Wie geht es denn meiner Lebensretterin? Wo bist du gerade?" Er musste die lärmende Schülerschar und die Durchsagen gehört haben. „Ich bin mit meiner Klasse in Oberhausen und rette gerade das nächste Leben", keuchte ich atemlos in mein Handy. „Wieso Oberhausen? Du hast gar nicht erzählt, dass ihr heute einen Ausflug macht. Wen rettest du denn jetzt?" Brad schien die Situation nicht richtig einordnen zu können. Das kann man ihm auch nicht übel nehmen. „Wir machen eine spontane Schnitzeljagd und suchen Joshua." „Ich hoffe ihr findet ihn bald. Melde dich bitte, wenn du ihn gefunden hast."

Wir hatten es tatsächlich geschafft Joshua zu finden. Meine Schüler waren die besten Schnitzeljäger, die es gab. Ich war mächtig stolz auf sie. Man konnte Joshua seine Erleichterung förmlich ansehen. Nachdem ich seine Schule informiert hatte, dass wir ihn gefunden hatten, spendierte ich meiner Klasse ein Eis. Das hatten sie sich mehr als verdient. Auf dem Weg zurück zur Schule waren unsere Schüler glücklich, aber müde. „Sie und Herr Frank sind die besten Lehrer, die man sich wünschen kann. Es gibt keine andere Klasse, die jemals einen Überraschungsausflug gemacht hat."

Jonas strahlte mich an. Gott sei Dank hatten unsere Schüler nichts von meiner Panik mitbekommen und glaubten fest an eine geplante Schnitzeljagd. „Das müssen wir unbedingt noch einmal machen, Frau Madison. Wohin geht denn die nächste Schnitzeljagd?" Insgeheim dachte ich, „Das hängt stark von Joshuas nächstem Ausflugsziel ab."

Zu Hause sank ich erschöpft auf die Couch. Was für ein Tag. Es klingelte an der Türe und Louise und ihre Tochter Any standen dort. Ich hatte Louise von unterwegs geschrieben. „Ich dachte mir, dass du vielleicht Prosecco brauchst". „In rauhen Mengen", antwortete ich erschöpft. Ruby und Any verschwanden im Garten.

„Du solltest dringend darüber nachdenken, Joshua chippen zu lassen", sagte Louise, während sie einen großen Schluck Prosecco trank. „Jagger hast du ja schließlich auch chippen lassen". Wie so oft hatte ich Probleme zu erkennen, ob Louise das ernst meinte. „Jagger ist ein Hund". Unser Gespräch wurde durch Ruby unterbrochen. „Mama, da sind Schadstoffe in meinem Orangensaft. Ich brauche einen neuen", rief sie erbost. Wie Schadstoffe? Das war ein handelsüblicher Orangensaft. Ich war vielleicht keine Bio-Mutter, aber mit Sicherheit kaufte ich keine schadstoffverseuchten Produkte. Beim Blick in Rubys Orangensaftglas musste ich laut lachen. Einige der Schadstoffe in ihrem Glas paddelten gerade um ihr Leben. Es waren Fruchtfliegen. Ich gab beiden Mädels einen schadstofffreien Orangensaft und leerte mit Louise die Flasche Prosecco.

Was für ein Tag. Ich hatte heute zwei Menschen gerettet. Wenn einer Superwoman war, dann wohl ich.

Vier

Es gibt nichts Schöneres als

geliebt zu werden,

geliebt um seiner selbst willen

oder vielmehr trotz seiner selbst.

Victor Hugo

Die Tage bis zu den Pfingstferien vergingen ohne größere Zwischenfälle. Brad war aus München gekommen. Ich hatte ihn gestern Abend am Bahnhof abgeholt. Ich war eigentlich eine ganz passable Autofahrerin, aber im Dunklen war ich fast blind und hatte einen etwas unkonventionellen Weg auf den Bahnhofs-Parkplatz gewählt. Das Straßen aber auch immer so unübersichtlich sein mussten. Als Brad in mein Auto stieg, lachte er. „Schön, dass du es trotz Dunkelheit heil geschafft hast, hier anzukommen". Das fand ich auch. Ich erzählte Brad gerade, dass eine Freundin von mir letzte Woche in Düsseldorf vor eine Straßenbahn gefahren war und dass ich jetzt fürchterliche Angst hatte, dass mir so etwas auch passieren würde. „Dann solltest du jetzt lieber von den Schienen herunter fahren. Ich denke, dass die Straßenbahnen hier in Köln auch nachts fahren". Gott, hatte ich Panik bekommen. Ich war tatsächlich auf den Gleisen des Schienenverkehrs unterwegs. So etwas konnte auch nur mir passieren.

Für heute hatten wir geplant, nach Düren zu meinen Eltern zu fahren, um die letzten Dinge für die Hochzeitsfeier zu besprechen. Meine Eltern hatten einen wunderschönen Garten und für mich stand sofort fest, dass ich dort heiraten wollte. Louise, die meine Trauzeugin war, bestand darauf mitzukommen. Wir wollten von Düren aus kurz in das Brautmodengeschäft fahren, in dem mein Kleid hing und es abholen.

Bald war es mein Kleid. Ich konnte es kaum erwarten, es mitnehmen zu können. Als wir in Düren ankamen, saßen meine Eltern, Tim und Emma im Hof und warteten schon auf uns. Da Tim und Emma erst kürzlich geheiratet hatten, konnten sie uns bestimmt viele nützliche Tipps geben. Wir besprachen kurz die Deko für den Garten, das Menü und die Getränke. "Ihr müsst definitiv Dürener Spezialitäten anbieten. Ich habe da mal was vorbereitet." Mein Vater stellte allerlei Flaschen mit hochprozentigem Inhalt auf den Tisch. Na toll, unsere Hochzeitsgäste würden vermutlich schon nach kurzer Zeit nicht mehr im Besitz ihrer geistigen Kräfte sein. Ich musste lachen. „Das ist Männersache, Milla." Mein Vater zwinkerte Brad zu. „Wolltest du nicht sowieso mit Louise dein Kleid abholen?". Was für ein liebevoller Rauswurf. Ich küsste Brad und Louise und ich machten uns auf den Weg.

Im Brautgeschäft war es brechend voll. Brad und ich waren anscheinend nicht die Einzigen, die bald heiraten würden.

„Milla Madison. Ich würde gerne mein Kleid abholen." Die Verkäuferin schaute durch die vorbestellten Kleider und fing ihre Suche wieder von vorne an. Ich war etwas verunsichert, aber Louise lächelte mir aufmunternd zu. Dann ging die Verkäuferin zur Kasse, schaute in ihre Unterlagen und kam mit einem leicht zerknirschten Gesicht auf uns zu.

„Ich befürchte es gab eine Verwechslung. Eine andere Kundin hat ihr Kleid mitgenommen." Was?! Es war, als würde mir der Boden unter den Füßen weggerissen. „Dann rufen Sie die Kundin an und klären Sie das. Wir haben schließlich den Kaufvertrag dafür unterschieben. Das ist unser Kleid". Louise war stinksauer.

Ich stand wie ein Häufchen Elend neben ihr. Die Verkäuferin telefonierte kurz und kam wieder auf uns zu. „Ich befürchte die Kundin möchte das Kleid behalten." „Geben Sie uns die Adresse der Kundin, wir klären das". So wie Louise das sagte, musste die Verkäuferin gedacht haben, dass es definitiv Verletzte geben würde. „Ich bedauere, dass ich Ihnen die persönlichen Daten der Kundin aus Datenschutzgründen nicht herausgeben darf." Ich war unfähig mich zu bewegen oder zu denken. Tränen stiegen mir in die Augen. Die Verkäuferin hatte sich in der Zwischenzeit einer anderen Kundin zugewandt. Louise schaute mich fest entschlossen an. „Täusch einen Nervenzusammenbruch vor, Milla. Ich organisiere uns die Adresse." Ich schaute Louise entsetzt an. „Ich kann doch nicht..." „Doch, du kannst. Mach schon, Milla. Oder willst du etwa nicht heiraten." Und wie ich das wollte. Ich fing an zu schluchzen. Wie sah denn so ein Nervenzusammenbruch aus? Nicht, dass ich nicht kurz davor wäre. Ich schluchzte heftiger und fing an schnell zu atmen. Mir wurde tatsächlich schwindelig dabei. Dramatisch ließ ich mich zuckend auf den Boden fallen. Das kam bestimmt einem Nervenzusammenbruch nahe. Die Verkäuferin und die anderen Kunden kamen augenblicklich auf mich zugestürzt und beugten sich über mich. Aus dem Augenwinkel sah ich, dass Louise mir zuzwinkerte und hinter der Kasse verschwand. Ich war völlig nervös. Hoffentlich bemerkte das keiner. Vor lauter Aufregung fing ich an schneller zu atmen und mein Schluchzen wurde lauter.

Plötzlich tauchte Louise neben mir auf. „Versuch mal langsam aufzustehen" , wies sie mich an. Wie nach einer Wunderheilung stand ich auf.

„Können Sie bitte das Kleid von Frau Madison noch einmal in der gleichen Größe bestellen?" Ich war Louise so dankbar, dass sie bei mir war.

„Das wird leider nicht möglich sein. Das Kleid war ein Einzelstück." Der Funke Hoffnung erlosch.

„Wir kaufen das Kleid der Kundin, die Frau Madisons Kleid gestohlen hat." Louise schaute die Verkäuferin forsch an. „Ich will kein anderes Kleid. Ich will mein Kleid." Louise schaute mich strafend an. „Ich weiß, was ich tue." Ich war mir da nicht so sicher.

Mit dem anderen Kleid verließen wir den Laden. „Ich habe sowohl den Kaufvertrag für dein Kleid, als auch die Adresse der Frau, die dein Kleid gekauft hat, abfotografiert. Sie wohnt hier ganz in der Nähe. Du fährst dorthin und ich fahre mit der Bahn zurück und hole Ruby und Any bei ihrer Freundin ab. Halte mich auf dem Laufenden." Ich war noch immer ein Häufchen Elend. „Ich weiß nicht, ob ich das kann", murmelte ich kleinlaut und die Tränen fingen wieder an zu kullern. „Jetzt reiß dich zusammen, Milla. Geh dein Kleid holen". Louise hätte problemlos auch beim Militär arbeiten können. Ich traute mich nicht zu widersprechen.

Den ganzen Weg zu der von Louise herausgesuchten Adresse ging ich gedanklich durch, was ich sagen könnte. Ich stieg mit zitternden Beinen aus dem Auto aus und atmete tief durch. Eine Frau Mitte dreißig öffnete mir die Türe.

„Ich bin Milla Madison. Es gab eine Verwechslung und Sie haben mein Kleid" , erklärte ich ohne Umschweife.

„Ich habe der Dame aus dem Brautmodengeschäft schon erklärt, dass ich das Kleid behalten werde. Es gefällt mir sehr gut". Es ist aber mein Kleid du blöde Kuh, dachte ich. „Ich habe jetzt leider keine Zeit, ich erwarte die nächste Kandidatin für ein Bewerbungsgespräch", sagte sie kurz angebunden und schloss die Türe. Sie hatte mich einfach stehen lassen. Wut stieg in mir auf. Na warte. So nicht. Als ich aus dem Vorgarten herausging, kam eine ältere Frau auf das Haus zu. „Entschuldigen Sie bitte. Sind Sie auch wegen des Bewerbungsgespräches hier", sprach ich die Dame an.

„Ja, ich habe mich auf die Annonce im Internet für die Putzstelle bei der Familie Jenson beworben." „Ich bin Frau Jenson. Es tut mir leid Ihnen mitteilen zu müssen, dass ich die Stelle bereits vergeben habe. Ich konnte mich leider nicht früher bei Ihnen melden. Vielen Dank für Ihr Kommen." Ich war wieder Herr meiner Sinne. Die Dame schaute mich irritiert an und ging. Ich würde mein Kleid zurück bekommen...aber ich brauchte Louises Hilfe.

Ich rief Louise an. „Und hat die Bitch dein Kleid herausgerückt?", begrüßte sie mich.

„Nein. Sie will es nicht hergeben, aber ich habe einen Plan. Kannst du mal bitte im Internet recherchieren, ob eine Frau Jenson eine Putzstelle ausgeschrieben hat?" „Brauchst du noch einen Nebenjob?" Louise verstand nicht, worauf ich hinaus wollte. „Nein, aber du", antwortete ich lachend. Jetzt verstand Louise. „Du willst also, dass ich mich auf die Stelle bewerbe, damit wir näher bei deinem Kleid sind." „Vielleicht kannst du ihr ja einreden, dass ihr das Kleid nicht steht." Wenn einer überzeugend sein konnte, dann Louise. „Auf mich kannst du dich verlassen. Wir werden dein Kleid zurück erobern." Louise war voller Kampfesgeist. Auf sie war wirklich immer Verlass.

Ich fuhr zurück zu meinen Eltern. Als ich in den Hof kam schaute Brad mich erwartungsvoll an und sofort kullerten mir wieder dicke Tränen die Wangen herunter.

„Was ist denn los mein Schatz." Zärtlich nahm er mich in den Arm und küsste mich auf die Stirn. „Ich kann nicht heiraten. Mein Kleid ist weg. Eine andere Frau hat es gestohlen", brach es aus mir heraus.

„Du siehst doch in jedem Kleid toll aus." Brad verstand die Dramatik der Situation nicht. Das war mein Kleid und ich wollte es wieder haben. Ich würde am Tag unserer Hochzeit in diesem Kleid vor dem Altar stehen. „Louise und ich haben einen Plan."

„Louises Pläne kenne ich". Brad schaute mich amüsiert an. „Lass uns nur machen."

Ich schaute auf mein Handy und sah eine Nachricht von Louise.

„Ich habe am Donnerstag ein Vorstellungsgespräch ;) Vorsichtshalber habe ich einen falschen Namen benutzt."

Wir hatten eine Mission und keiner würde uns in die Quere kommen.

Fünf

Ich bereue nichts im Leben,

außer dem,

was ich nicht getan habe.

Coco Chanel

Heute war der erste Schultag nach den Pfingstferien. Louise hatte den Job als Putzfrau bei
Frau Jenson bekommen. Ich musste total lachen, als Louise letzten Donnerstag vor ihrem
Bewerbungsgespräch bei mir vorbeikam. Sie
trug einen Kittel und hatte einen Eimer mit Putz-
zeug dabei. Einen Tag später war sie zum Pro-
beputzen noch einmal bei den Jensons. Ich war
mir nicht sicher, ob sie danach ihre Stelle nicht

doch wieder los sein würde. „Du bist mir was schuldig Milla, wenn ich da jetzt Klos putzen gehe." Das war wohl definitiv wahr. Louise hatte sogar schon mein Kleid gesichtet. Es hing in einer Schutzhülle an einem Schrank im Ankleidezimmer. Heute war Louises erster regulärer Arbeitstag und sie wollte direkt zum Angriff übergehen und Frau Jenson davon überzeugen, dass ihr das Kleid nicht stand. Ich wartete gespannt auf eine Nachricht von ihr, wie das Gespräch gelaufen war.

Die erste Stunde war Englisch in der neunten Klasse. Ronda wartete bereits an der Türe auf mich. „Na, was haben Sie und Herr Frank denn in den Ferien schönes gemacht?" Unsere Schüler waren alle fest davon überzeugt, dass Marc und ich ein Paar seien. Sie hatten sich schon mehrere Verkupplungsaktionen einfallen lassen, damit wir endlich unsere Liebe zueinander öffentlich machen würden. Es war zwecklos, sie vom Gegenteil zu überzeugen. Ohne eine Antwort abzuwarten, fügte Ronda hinzu, „Frau Madison, ich muss die Arbeit morgen unbedingt eins schreiben, dann bekomme ich mein Handy wieder." Sie sah mich erwartungsvoll an. „Lernen könnte helfen, Ronda." „Ich werde so für die Arbeit lernen, Frau Madison. Schreiben wir heute noch die Mustertexte zu Melba Partillo und Martin Luther King?"

Was der Entzug eines Handys bei Schülern für einen Lerneifer auslöste. Ich war begeistert. Wir nahmen gerade die Geschichte der Afroamerikaner in Amerika durch und ich hatte bereits angekündigt, dass der Schreibteil zu einer der Leitfiguren dieser Zeit sein würde. „Ja, das machen wir." Wir erarbeiteten gemeinsam die Mustertexte und die Schüler schrieben sie von der Tafel ab.

Ceyda schaute nachdenklich und meldete sich dann. „Der war doch schwarz, oder?" Ceyda deute auf den Text über Martin Luther King. Ich war von der Frage etwas irritiert. Das Thema hatten wir nun schon eine Weile im Unterricht, die Schüler hatten Bilder der Personen gesehen und Referate gehalten.

„Frau Madison, wir haben vor einiger Zeit in Geschichte einen Film über Martin Luther King geschaut und da war er weiß." Was für eine Fehlbesetzung, war der erste Gedanke, der mir durch den Kopf schoss, doch dann dämmerte mir, wen Ceyda meinte. „Du meinst Martin Luther." „Ist das denn nicht der Gleiche?" Einige Mitschüler griffen sich entsetzt an den Kopf. Ich hatte also zumindest einen teilweisen Lernerfolg erreicht. Ich klärte Ceyda auf und hoffte, dass sie die beiden Personen in der Arbeit nicht durcheinander werfen würde.

Auf dem Weg zum Lehrerzimmer, warf ich einen Blick auf mein Handy. *„Kannst du kurz telefonieren?",* hatte Louise geschrieben. Oh, es gab

Neuigkeiten. Schnell huschte ich ins Lehrerzimmer und rief Louise an. „Du glaubst nicht,
was ich heute schon alles putzen musste! Ich
bin fix und alle". Louise klang wirklich etwas erschöpft. Ich bedeckte meinen Mund mit der
Hand und sprach leise, „Konntest du sie davon
überzeugen, mir mein Kleid zurück zu geben?"
Ich kam mir vor, wie auf einer geheimen Mission. Mein Kollege Thomas ging im Bespre-
chungszimmer an mir vorbei und warf mir einen
fragenden Blick zu. Normalerweise war es bei
Elterngesprächen nicht üblich, sich in die Ecke
des Raumes zu kauern und in den Hörer zu
flüstern. Gott sei Dank, stellte er mir keine
dummen Fragen. „Sie will das Kleid unbedingt
behalten. Ich bin ganz diplomatisch vorgegan-
gen, aber da ist nichts zu machen." So ein Mist.
Louises Diplomatie konnte ich mir gut vorstellen. Ich musste tief durchatmen, um nicht anzu-
fangen zu weinen.

„Ich komme heute Abend vorbei und wir besprechen Plan B." Louises Tonfall ließ mich neue Hoffnung schöpfen. Ich konnte mich kaum auf meinen Unterricht konzentrieren und war froh, als die Schule endlich zu Ende war. Ich kam zeitgleich mit Louise bei mir zu Hause an. Ruby und Any spielten miteinander und Louise setzte sich in der Küche an den Küchentisch, während ich zu kochen begann.

„Erzähl schon! Wie lautet dein Plan B?" Erwartungsvoll schaute ich Louise an.

„Wir klauen dein Kleid." Ich schaute Louise schockiert an. „Bist du jetzt total durchgeknallt?! Ich breche nirgendwo ein und klaue ein Hochzeitskleid", rief ich entrüstet. „Wir müssen nirgendwo einbrechen. Ich bin morgen alleine bei den Jensons. Frau Jenson ist da, wenn ich komme und geht dann zum Arzt. Was heißt denn hier klauen?! Ich nehme dein Brautkleid mit und lasse ihr das Kleid, dass sie sich ursprünglich ausgesucht hatte, dort. Das ist austauschen, nicht klauen." Louise sah mich triumphierend an. „Wo ist der Prosecco? Wir müssen auf Plan B anstoßen." Ich war noch nicht völlig von Plan B, aber definitiv von Prosecco überzeugt.

„Was ist, wenn Frau Jenson dein Autokennzeichen der Polizei nennt oder sie deine Rufnummer überprüfen lässt?" „Ich bin doch kein Anfänger, du Vogel. Die Rufnummer, die sie hat, ist ein Kartentelefon und ich bin immer mit dem Bus dorthin gefahren." Nachdenklich nahm ich einen Schluck Prosecco. „Aber was ist, wenn Frau Jenson polizeilich nach uns suchen lässt?" Ich fühlte mich irgendwie nicht wohl bei der Sache. Auch wenn ich nachweislich im Kaufvertrag stand, hatte Frau Jenson mein Kleid bezahlt. Gut, beide Kleider kosteten ähnlich viel, aber ich fand Louise nahm die Sache etwas zu gelassen. „Als wenn ich dafür nicht auch schon einen

Plan hätte! Ich habe Herrn Jenson gestern getroffen und ihn auf das ursprüngliche Brautkleid seiner Frau angesprochen. Ich habe ihm erzählt, dass ich Bilder gesehen habe und sie umwerfend darin aussah. Leider hatte sie sich dann für ein wenig schmeichelhaftes Kleid entschieden. Er hatte bereits mitbekommen, dass sie nicht das Ursprungskleid gekauft hatte. Als ich sagte, dass das erste Bauchgefühl bei einem Hochzeitskleid das Richtige sei, stimmte er mir zu. Ich habe ihm dann noch eine romantische Story von meinen Großeltern erzählt und als Gegenbeweis ein Beispiel genannt, bei dem sich eine Braut kurzfristig für ein anderes Kleid entschieden hatte und die Ehe nach kürzester Zeit in die Brüche ging". Ich konnte Louise noch immer nicht ganz folgen.

Louise schenkte sich ihr Glas voll und fuhr fort. „Wir schreiben Frau Jenson in Herrn Jensons Namen eine Nachricht, dass die erste Entscheidung bei einer so wichtigen Sache, wie einer Hochzeit vermutlich die Richtige ist und er sich deswegen nach meinem Bericht von den Fotos des alten Kleides dazu entschieden hat, das Brautmodengeschäft zu kontaktieren und das Kleid gegen das alte Kleid umzutauschen. Diese Nachricht hängen wir dann an das Kleid und alles wird gut. Kannst du den Quadrocopter von Joshua fliegen?"

Wo war denn da jetzt bitte der Zusammenhang? Was hatte Joshuas Quadrocopter bitte mit einem Brautkleid zu tun? Demonstrativ zog ich die Proseccoflasche von Louise weg. „Du hast doch morgen in der zweiten und dritten Stunde eine Freistunde, oder?" Manchmal machte mir Louise etwas Angst. Ich bejahte. „Dann ist doch alles paletti. Du kommst nach der ersten Stunde zum Haus der Jensons und parkst am kleinen Wäldchen in der Nähe des Hauses. Hinter ihrem Garten sind einige Büsche. Dahinter kannst du dich verstecken und den Quadrocopter die Straße entlang kreisen lassen, um sicherzustellen, dass Frau oder Herr Jenson nicht vorzeitig nach Hause kommen. Das Ding hat doch eine Kamera und damit kannst du von deinem Handy aus alles überwachen und Schmiere stehen. Steve fährt den Fluchtwagen. Ich habe ihn schon angerufen. Er hat Zeit. Mit unseren Autos wäre das zu riskant, falls uns doch jemand sieht. Die Kleider packe ich jeweils in Einkaufs-kartons und lege Lebensmittel darauf. Jetzt müssen wir nur noch eben den Brief von Herrn Jenson an Frau Jenson schreiben."

Der Plan B schien ja einigermaßen durchdacht. Ich holte meinen Laptop und wir überlegten, was wir schreiben könnten. Mein Telefon klingelte. „Wie läuft eure Kleiderwiederbeschaf-fungsmission, mein Schatz?" Ich überlegte kurz, ob er schon bereit für die Wahrheit war und antwortete Brad, „Morgen klauen wir mein Kleid zurück." Brad lachte am anderen Ende der Leitung. „Hast du getrunken, Milla?" „Ja, hat sie", schrie Louise. Danke auch. Ich weiß nicht genau, ob Brad glaubte, dass ich scherze, aber ich hatte auch nicht das Bedürfnis ihn aufzuklären. Nachher hielt er mich noch für komplett verrückt. Das Risiko wollte ich nicht eingehen.

Nach einigem Hin- und Herüberlegen schrieben wir folgenden Text in Herrn Jensons Namen.

Mein lieber Schnuckelbär,

mir ist zu Ohren gekommen, dass du dich gegen dein ursprünglich ausgesuchtes Kleid entscheiden hast. Dabei hat mir an dir immer besonders gefallen, dass du eine Entscheidung triffst, und dabei bleibst. Bei mir war das ja zum Glück der Fall.

Ich denke, dass man bei einer so wichtigen Entscheidung auf sein Bauchgefühl achten sollte und das erste Gefühl dabei nicht trügt. Ich glaube du würdest deine Entscheidung, nicht in dem zuerst ausgesuchten Kleid zu heiraten bereuen und so habe ich mir erlaubt, das Brautmodengeschäft zu kontaktieren und das neue Kleid gegen das Ursprungskleid auszutauschen.

Entschuldige bitte, dass ich in deine Entscheidung eingegriffen habe, aber ich bin mir sicher, dass das erste Kleid dein Kleid ist und das Andere für eine andere Braut bestimmt ist.

Du wirst in deinem Kleid wundervoll aussehen.

Ich liebe dich, Schnuckelbär und kann es kaum erwarten, mit dir verheiratet zu sein.

Dein Schatzibär

Zufrieden lasen wir uns den Text noch einmal durch. Wie gut, dass Louise darauf geachtet hatte, welche Kosenamen die beiden füreinander hatten. So wirkte es authentisch und es gab zumindest eine geringe Chance, dass unsere Aktion nicht auffliegen würde. Jetzt musste ich in den Garten Quadrocopter fliegen üben.

Sechs

Um unersetzbar zu sein,

muss man immer

anders sein.

Coco Chanel

Oh Gott war ich nervös. Ich hatte die ganze Nacht kaum geschlafen und war immer wieder unseren Plan durchgegangen.

„Ist alles okay mit dir, Milla?", fragte Marc, als ich ihn abholte. Ich hatte dieses Kribbeln im Bauch und wünschte ich würde mein Kleid schon in den Händen halten."Du bist so still. So kenne ich dich gar nicht". Marc wirkte fast schon besorgt. „Es geht mir gut. Ich muss nur noch ein paar Sachen für die Hochzeit regeln." Es war besser, wenn nicht zu viele Leute von unserem Plan B wussten.

Ich hatte mich heute extra fast ausschließlich in Olivgrün angezogen, um optisch mit dem Busch, hinter dem ich mich verstecken würde, zu verschmelzen. In der ersten Stunde schrieb ich die Arbeit bei den Neunern. Ronda kam nach der Arbeit ganz aufgeregt zu mir. „Frau Madison ich glaube ich habe eine eins geschrieben. Sie müssen die Arbeit heute unbedingt nachschauen. Ich brauche mein Handy dringend zurück." Als wenn ich dafür heute Zeit hätte. Ich versprach Ronda die Arbeit so schnell wie möglich zu korrigieren und beeilte mich, um rechtzeitig am Treffpunkt zu sein. Glücklicherweise waren heute nicht so viel Spaziergänger unterwegs. Wenn wir eines nicht brauchen konnten, dann Zeugen. Ich kniete mich hinter den Busch und schrieb in unsere neu gegründete Whatsapp-Gruppe mit dem Namen Mission

Plan B, *„Der Adler fliegt."* Natürlich mussten wir unsere Aktion verschlüsseln. Ich ließ den Quadrocopter über das Haus und die Nachbarhäuser fliegen. Die Straße war menschenleer. Wie gebannt schaute ich auf mein Handy, auf das mir die Bilder des Quadrocopters gesendet wurden. Vor lauter Konzentration hatte ich die Spaziergänger neben mir gar nicht bemerkt. „So etwas hat es zu unserer Zeit nicht gegeben, Hans. Was ist das denn für ein Gerät?", fragte die ältere Dame mich. Verflucht. Ich musste Sie abwimmeln.

„Ich bin von einer Naturschutzorganisation und wir führen eine Zählung der Singvögel durch. Es gibt Studien, die uns vermuten lassen, dass die Anzahl der Singvögel in Wohngebieten abnimmt." Etwas anderes war mir leider so schnell nicht eingefallen.

Die Dame beugte sich vor und schaute auf mein Handy. In diesem Moment schrieb Louise, *„Der*

Adler ist im Nest." Jetzt mischte sich auch der ältere Herr ein. „Adler gibt es hier auch. Das ist ja wunderbar. Und anscheinend brüten sie auch". Ich bekam Schweißausbrüche. „Als ich jünger war, gab es hier in der Nähe einige Greifvogelarten". Ich musste die beiden los werden. „Für unsere Aufzeichnungen ist es extrem wichtig, dass die Vögel ungestört sind, da es ansonsten zu fehlerhaften Zählungen kommen kann. Sie als Vogelfreunde haben dafür sicher Verständnis". Das Ehepaar nickte verständnisvoll. „Wenn wir irgendwie dazu beitragen können, die Natur zu schützen, tun wir das sehr gerne". Dann verschwindet bitte, dachte ich. „Danke für Ihr Verständnis. Ich wünsche Ihnen noch einen schönen Tag." Ich blickte wieder auf mein Handy und das Ehepaar verabschiedete sich und ging. Als sie außer Blickweite waren, packte ich den Quadrocopter ein und ging, mich in alle Richtungen umschauend, zu meinem Auto. Mein Telefon klingelte. Es war

Louise. „Rate mal, was ich in meinen Händen halte?" „Dein Kleid ist wieder da, Milla", rief Steve aus dem Hintergrund. Vor Freude kamen mir die Tränen. Ich würde tatsächlich in meinem Kleid heiraten. Louise, Steve und ich trafen uns am vereinbarten Treffpunkt und Louise überreichte mir feierlich mein Kleid in der milchigen Schutzhülle. Ich umarmte es und sprang vor Freude auf und ab. Jetzt musste ich aber schnell zurück in die Schule. Ich legte mein Kleid behutsam auf den Rücksitz und beeilte mich rechtzeitig zur vierten Stunde wieder in der Schule zu sein. In der vierten Stunde hatte ich Lernzeit bei den Neunern. Da es so kurz nach den Pfingstferien war, hatten sie in vielen Fächern nur wenige Hausaufgaben aufbekommen. Engin, der in der ersten Reihe saß, meldete sich. „Frau Madison, können wir bitte das Fenster schließen, ich habe eine Polenallergie". Dennis, der gebürtiger Pole war, schaute ihn provozierend an. „Frau Madison. Bitte schließen

Sie das Fenster, meine Augen jucken schon und ich muss gleich nießen." Ah, Engin hatte also eine Pollenallergie und keine Polenallergie. Rechtschreibung ist eben doch wichtig. Ich konnte Dennis beruhigen und die Schüler arbeiteten weiter.

Als ich mit meinem Kleid und dem Qudrocopter zu Hause ankam, öffnete Joshua mir die Türe. Verwundert schaute er mich an. „Was hast du denn mit dem Quadrocopter in der Schule gemacht?" Gute Frage. „Ich habe meine Schüler überwacht, um festzustellen, ob sie das Schulgelände in der Pause verlassen". Das klang doch eigentlich ganz plausibel. Unsere Schüler nutzten die Pausen teilweise heimlich dazu, um in den nahegelegenen Supermarkt zu gehen oder sich Fastfood zu kaufen. Ich war mit meiner Erklärung eigentlich ganz zufrieden.

„Du überwachst deine Schüler?" Joshua war entsetzt. „Das ist ja wie beim Militär bei euch".

Glücklicherweise hatte er mich nicht gefragt, weshalb ich mein Brautkleid mit in die Schule genommen hatte.

Ich hängte mein Brautkleid an meinen Kleiderschrank und war selig. Ich rief Brad an, um ihm die freudige Mitteilung zu machen. „Mein Kleid ist wieder da. Ich bin so glücklich." Meine Stimme zitterte und schon wieder fingen die Tränen an zu kullern. Dieses ganze Hochzeitsding macht mich zu einer echten Heulsuse.

„Das freut mich mein Schatz. Ich frage wohl besser nicht, wie du es bekommen hast, oder?" Brad lachte.

Abends kamen Louise, Any und Steve vorbei und wir feierten den Erfolg der Mission Plan B.

Sieben

Ich glaube,

dass glückliche Mädchen

die schönsten Mädchen sind.

Audrey Hepburn

Als Marc und ich am nächsten Tag in der Schule ankamen, wartete Ronda schon am Lehrerzimmer auf mich. „Hast du hier geschlafen, Ronda?" Ronda schaute mich abschätzig an. „Als wenn, Frau Madison! Haben ich eine eins in der Arbeit?" Ronda schaute mich erwartungsvoll an. In Englisch war Ronda eher einer dreier oder vierer Kandidatin. Das sie eine eins geschrieben hatte, hielt ich für ziemlich unwahrscheinlich. „Ich habe die Arbeit noch nicht nachgeschaut, aber eine eins ist es wohl eher nicht". Ronda schaute mich mit fester Überzeugung an. „Sie werden schon sehen, Frau Madison". Na klar. Das schien mir ein klassischer Fall von Selbstüberschätzung zu sein. Ceyda, die hinzu gekommen war, wechselte das Thema. „Frau Madison, wir wissen, dass Sie Herrn Frank mit Herrn Meier betrügen. Wir haben gesehen, wie Sie gestern die ganze Zeit mit ihm geredet und ihn angelächelt haben". Sie schien erbost zu sein. Timo, also Herr Meier, war einer meiner Kollegen und wir hatten gestern über den bevorstehenden Abschluss der Zehner und über den Stand der Planungen gesprochen. Timo war Vertrauenslehrer und damit für die Planungen mitverantwortlich. Ceyda schaute mich noch immer mit bösem Blick an. „Und das so kurz vor der Hochzeit. Herr Frank ist bestimmt am Boden zerstört". Wieso Hochzeit? Oh, Ceyda musste gestern mein Hochzeitskleid im Auto liegen gesehen haben. Unseren Schülern entging auch wirklich gar nichts. Sie glaubten anscheinend, dass Marc und ich nun ernst machen würden. „Wer sagt denn, dass ich mit Herrn Frank zusammen bin. Vielleicht bin ich ja auch mit Herrn Meier zusammen. Vielleicht ist aber Frau Schulz auch mit Herrn Meier zusammen. Immerhin kommen die beiden morgens immer zusammen zur Schule". Jetzt hatte ich die Gerüchteküche aber gehörig angeheizt. Ich fügte noch hinzu, „Wer weiß schon, was im Lehrerzimmer passiert?" Geheimnisvoll verzog ich mein Gesicht. Ronda, die noch immer über meine Äußerung nachdachte, dass ich eine eins in der Englischarbeit bei ihr für ziemlich unwahrscheinlich hielt, fügte mit einem Augenzwinkern hinzu, „Was im Lehrerzimmer passiert, bleibt im Lehrerzimmer". Richtig. So war es.

Die erste Stunde hatte ich Englisch in meiner Klasse. Can, ein sonst ziemlich aufgeweckter Schüler, wirkte irgendwie bedrückt. Ich bat ihn nach der Stunde in der Klasse zu bleiben, damit wir mal darüber reden konnten, was ihm Sorgen machte. Marc schrieb ich eine Nachricht und bat ihn dazu zu kommen, falls es sich um Männerprobleme handelte.

„Was bedrückt dich denn, Can?", eröffnete ich das Gespräch. Can druckste etwas herum und antwortete, „Ich weiß einfach nicht, was ich später mal werden soll?" Mir fiel ein Stein vom Herzen, da ich tiefgreifendere Probleme vermutet hatte. Schon irgendwie süß. Can war erst in der siebten Klasse. Zu diesem Zeitpunkt war meine Zukunftsplanung gerade erst so weit, dass ich Prinzessin aufgrund von mangelnden Stellenangeboten aus meinen Berufswünschen aussortiert hatte. Marc und ich konnten Can beruhigen. Wir überlegten zusammen, wo seine Stärken lagen und fassten einige mögliche Berufsbilder ins Auge. Als Can das Klassenzimmer verließ, war er schon etwas zuversichtlicher. Wir hatten seiner Zukunft wieder eine Perspektive verschafft. Marc und ich unterhielten uns noch darüber, dass wie wir Can unterstützen könnten. Trotzdem machte es uns Sorgen, dass er sich so viele Gedanken machte und oft niedergeschlagen wirkte. Als wir den Klassenraum verließen, kam uns Alihan, der etwas in seiner Klasse vergessen hatte, entgegen und schaute uns prüfend an. Die Pause war zu Ende und Marc und ich gingen wieder in den Unterricht.

Nach Unterrichtsschluss kam Marc mir, über das ganze Gesicht schmunzelnd, entgegen.

Er hielt einen Zettel in der Hand. Mir schwante Böses. „Anscheinend befürchten unsere Schüler, dass wir doch nicht heiraten werden". „Tun wir ja auch nicht" , antwortete ich lachend. Marc hielt mir den Zettel entgegen. Sofort erkannte ich Rondas Schrift.

Lieber Herr Frank,

wir haben Sie heute mit Frau Madison aus dem Klassenraum kommen sehen. Sie sahen sehr traurig aus. Bestimmt liegt es daran, dass Frau Madison mit Herrn Meier geflirtet hat. Sie dürfen Sie nicht verlassen. Sie beide gehören zusammen. Schließlich wollen wir bei Ihrer Hochzeit dabei sein. Also geben Sie sich Mühe und bringen Sie das wieder in Ordnung. Sie müssen Frau Madison zeigen, dass Sie bereit sind, um Sie zu kämpfen. Da Sie das alleine nicht hinbekommen, helfen wir Ihnen.

Morgen haben die 10er ihren Abschluss. Sie müssen Frau Madison dahin ausführen und nicht von Ihrer Seite weichen. Wir haben heute in der Näh-AG ein Kleid für Frau Madison geschneidert. Das bringen Sie ihr dann mit. Sie wird so toll darin aussehen.

Bekommen Sie das mit den Rosen alleine hin oder sollen wir welche besorgen?

Geben Sie alles morgen! Wir zählen auf Sie!!!

Ihre Ceyda, Ronda und Alihan

Ich musste schallend lachen. Zumindest hatten sie nicht angeboten mich vorher auch noch zu schminken. Damit hatte ich in der Vergangenheit ziemlich schlechte Erfahrungen gemacht. Ronda und Co hatten mir ein außer Kontrolle geratenes Contouring verpasst. Mit einem selbstgenähten Kleid konnte ja eigentlich nicht so viel schief laufen. Schließlich war ich nicht die Klassenlehrerin der 10er und ich würde vermutlich in meinem neuen Kleid keiner breiten Öffentlichkeit auf der Bühne präsentiert werden.

Marc schaute mich amüsiert an. Anscheinend konnte er sich meinen Gedankengang bildlich vorstellen. „Und?", fragte er neugierig. „Bist du bei der Fortsetzung unserer Liebes-Soap dabei?" Warum eigentlich nicht. Die Schüler machten sich so viel Mühe und ich konnte Ihnen zu gegebener Zeit noch immer sagen, dass ich zwar heiraten würde, aber nicht Marc, sondern meinen absoluten Traummann. „Ja, ich bin dabei", sagte ich gespielt resigniert. Was sollte schon schief gehen. Ich würde mich bei der Abschlussfeier in der hintersten Reihe verstecken und vielleicht war das Kleid ja sogar richtig schön. „Dann komme ich dich morgen um 17 Uhr abholen".

Acht

Die Logik der Frauen

beruht auf der Überzeugung,

dass nichts unmöglich ist.

Maurice Chevalier

Freitags hatte ich trotz Vollzeitstelle meinen freien Tag. Mein Chef war so lieb, meine Stunden so zu legen, dass ich diesen Tag frei hatte, um alle möglichen Termine mit den Kindern wahrzunehmen oder schon früher zu Brad fahren zu können. Dieses Wochenende sahen wir uns leider nicht, da der Abschluss der 10er war. Die zehnten Klassen wurden immer einige Wochen vor den Sommerferien entlassen. Meinen freien Tag nutzte ich dazu, die Arbeiten der Neuner zu korrigieren. Als ich Rondas Arbeit vom Stapel nahm, fiel mir wieder ein, dass sie fest davon überzeugt war, eine eins geschrieben zu haben. Ich musste schmunzeln. Jetzt würden Träume zerstört werden und die Benutzung ihres Handys würde in weite Ferne geraten. Nicht, dass ich Ronda nicht durchaus eine zwei zutrauen würde, aber für eine eins müsste sie fast keine Fehler gemacht haben. Ich fing an, ihre Arbeit zu korrigieren. Den Grammatik- und den Leseverständnisteil hatte sie nahezu fehlerfrei gelöst. Ich war schwer beeindruckt. Jetzt fehlte noch der Schreibteil. Für den gab es die meisten Punkte. Das freie Schreiben fiel den meisten Schülern am schwersten. Ich las mir den Schreibteil durch. Ronda musste alle Mustertexte zu den wichtigen Persönlichkeiten der Bürgerrechtsbewegung auswendig gelernt haben. Ronda hatte tatsächlich eine eins geschrieben. Ich war völlig perplex. Ich Superpädagogin hatte das auch noch in Frage gestellt. Ich fühlte mich schuldig. Ronda hatte ihr Handy so was von zurück verdient. Ich schrieb Thomas, ihrem Klassenlehrer eine Nachricht, dass er Ronda sagen solle, dass sie tatsächlich eine eins geschrieben hatte. Keine Rückmeldung.

Ich rief im Sekretariat an. „Hallo Milla", begrüßte Irene, unsere Sekretärin mich freundlich. „Irene, du musst mir einen Gefallen tun. Ronda hat eine eins in der Englischarbeit geschrieben und sie bekommt jetzt von ihrer Mutter ihr Handy zurück. Kannst du Thomas das bitte ausrichten". Irene antwortete nicht. Vermutlich versuchte sie meine Anweisung zu verarbeiten. Es schein also nicht üblich zu sein, dass sich Kollegen im Sekretariat meldeten, um Klassenlehrer über die Noten ihrer Schüler zu unterrichten. Irene versicherte mir, dass sie es Thomas ausrichten würde. Ronda würde ihr Handy zurück bekommen und vom Ehrgeiz gepackt die nächste Englischarbeit auch eins schreiben.

Es war Zeit duschen zu gehen. In einer halben Stunde würde Marc mich abholen. Ich zog mir eine Jogginghose an, da ich mein Abschlussballoutfit ja geliefert bekam. Hoffentlich passte es überhaupt. Marc klingelte. Er hatte sich extra einen Anzug angezogen. Wahrscheinlich hatten Ceyda, Ronda und Alihan ihm genaue Anweisungen gegeben. Er überreichte mir einen Strauß Rosen. „Die musst du unbedingt nachher zu Beweiszwecken mitnehmen. Unsere Schüler trauen mir ja offensichtlich nicht zu, dass ich es alleine hinbekomme, in einen Blumenladen zu gehen". „Wo ist denn mein Kleid?" Ich war gespannt, wie ein Flitzebogen. Marc drückte mir eine Tüte in die Hand und ich verschwand im Badezimmer. Die Zeit drängte. Ich griff in die Tüte und war gespannt, was mich darin wohl erwarten würde. Egal was, es würde das Outfit für diesen Abend werden. Etwas Anderes hätten mir Ronda und Ceyda wahrscheinlich auch sehr übel genommen. Okay, es war rot. Ich versuchte mir einzureden, dass die Farbe nicht zu auffällig für einen Abschlussball war. Eigentlich hätte ich damit rechnen müssen, da die Beiden häufiger auffällige Farben trugen. Vielleicht würde das Kleid ja auch gar nicht passen und ich wäre glimpflich aus dieser Nummer heraus gekommen. Warum musste ich auch immer alles mitmachen? Manchmal ist nein sagen gar nicht so verkehrt. Ich breitete das Kleid aus. Es war aus einem stretchigen roten Samt. Kein Stoff, den ich bei diesem Wetter für einen Abschlussball gewählt hätte. Aber ich wurde ja auch nicht gefragt. Man konnte jetzt schon erkennen, dass sowohl der vordere aus der hintere Ausschnitt eher großzügig geschnitten waren. Sie wollten Marc vermutlich mit nackten Tatsachen überzeugen. Die Nähte sahen auch nicht unbedingt vertrauenserweckend aus. Trotzdem war es süß, dass sie auf die Schnelle ein Kleid für mich geschneidert hatten. „Wie lange brauchst du denn noch?", fragte Marc ungeduldig. „Ich bin gleich fertig". Gleich ist ein dehnbarer Begriff. Ich schlüpfte in das Kleid und bisher passte es tatsächlich, aber der Reißverschluss am Rücken war noch nicht zu. Ich trat aus dem Bad und präsentierte mich Marc. Der machte große Augen. „Schön, dass du überhaupt etwas angezogen hast". Er grinste mich an und musterte mich. Vielleicht war das Kleid auch ein bisschen zu kurz, aber ich würde es in regelmäßigen Abständen wieder zurecht ziehen und es würde nicht in den Bereich des öffentlichen Ärgernisses rutschen. Um die Hüfte herum war das Kleid auch etwas knapp bemessen. Eigentlich müsste ich geschmeichelt sein, dass meine Schüler mich schlanker einschätzten, als ich war. „Kannst du mal bitte vorsichtig versuchen, den Reißverschluss zu zumachen?" Wenn ich den ganzen Abend flach atmen würde, müsste das eigentlich gehen. Ich sollte jedoch definitiv unüberlegte ausholende Bewegungen vermeiden. Eine Laola-Welle war bei einem Abschlussball schließlich nicht zu erwarten und wir mussten ja auch nicht Ewigkeiten bleiben. Das sollte also schon irgendwie gehen. Also hoffte ich.

Als wir an der Halle, die die Zehner für ihren Abschluss angemietet hatten ausstiegen, wurden wir schon sehnsüchtig von Ronda, Ceyda und Alihan erwartet. „Sie sehen einfach umwerfen aus, Frau Madison", schrie Ceyda entzückt und zwinkerte Marc dabei vielsagend zu. „Wir haben extra die Farbe Rot gewählt, weil das ja für die Liebe steht", fügte Ronda hinzu. Alihan sagte nichts, aber musterte mich für meinen Geschmack nun schon zu lange. Die Neuner mussten heute beim Abschlussball kellnern und später aufräumen und abbauen, was bedeutete, dass Marc und ich heute den ganzen Abend unter Beobachtung standen. Einige der Zehner-Schülerinnen und Schüler liefen aufgeregt hin und her. Sie hatten sich alle herausgeputzt. Die

Mädels trugen elegante Abendkleider und die Jungs trugen Anzüge. Bei dem Anblick kamen mir fast die Tränen. Heute würden wir sie ins Leben entlassen. Einige von ihnen kannte ich schon, seit der fünften Klassen und hatte etliche Höhen und Tiefen mit ihnen miterlebt. Ich werde mich wohl nie daran gewöhnen, dass unsere Schüler uns nach der zehnten Klassen verlassen. „Jetzt sag nicht, dass du jetzt schon heulst". Marc hatte einen ganz eigenen Charme. „Ich weine nicht. Ich habe Allergie".

Wir gingen gemeinsam in den Festsaal und setzten uns zu unseren Kollegen in den hinteren Bereich des Raumes. Auf diese Weise würde mein Kleid auch nicht zu viel Aufmerksamkeit erregen. Wenn mein Kleid eines nicht war, dann unauffällig. Egal, wo ich langging, die Blicke hafteten an mir. Vermutlich dachten die Eltern und Verwandten unserer Abschlussklassen, dass ich einen ziemlich ausgefallenen und extravaganten Kleidergeschmack hatte. Im besten Falle dachten sie das.

Der Saal war wunderschön mit Kunstwerken, die unsere Abschlussschüler im Kunstunterricht hergestellt hatten, geschmückt. Oh nein, nicht schon wieder anfangen zu weinen. Tiefdurchatmen, aber nicht zu tief. Ich wollte das Kleid nicht zu sehr auf die Probe stellen.

Die Feier begann mit einer Rede des Schulleiters. Es folgten einige Programmpunkte wie Sketche und Gesangsstücke. Es war ein wirklich schöner Abend. Die Zehner, die den Abend mit organisiert hatten, konnten wirklich stolz auf sich sein. Nun standen die Reden der Schülersprecher an. Mia und Julian betraten die Bühne. Man konnte deutlich erkennen, dass Mia nicht häufig Schuhe mit so hohen Absätzen wie heute trug und ich fieberte bei jeder Treppenstufe mit, dass diese ihr nicht zum Verhängnis wurde. Man kann einfach nicht dekorativ fallen.

Liebe Schüler- und Schülerinnen der Abschlussklasse 10,

liebe Eltern und Verwandte, liebe Lehrer,

wie schnell doch die Zeit vergangen ist. Als wir in der fünften Klassen an diese Schule kamen, kam uns der Weg bis zu unserem Abschluss wie eine Ewigkeit vor.

Wir hatten eine tolle Zeit hier, an die wir uns immer gerne zurück erinnern werden.

Eigentlich wollen wir gar nicht gehen und wenn Sie an unserer Schule eine Oberstufe errichten, dann bleiben wir auch.

Gelächter im Saal. Also meine Stimme hatten sie. Ich hätte sie auch gerne länger bei uns und so hätte ich mehr Zeit, mich auf den Abschied vorzubereiten.

Wir möchten uns ganz besonders bei allen Lehrern bedanken, die uns auf unserem Weg zum Abschluss begleitet haben. Stellvertretend für alle Lehrer, die in unserer Klasse unterrichtet haben, möchten wir unseren Klassenlehrer, Herrn Gießen, der uns seit der fünften Klasse begleitet hat, auf die Bühne bitten.

Unter dem Applaus der Gäste ging Daniel, ihr Klassenlehrer, auf die Bühne. Mia und Julian überreichten ihm ein T-Shirt mit dem Foto und den Namen der Klasse. Daniel richtete einige Dankesworte an seine Schüler und verließ die Bühne. Puh war das heiß. Ich konnte es kaum erwarten, dass wir mit den Feierlichkeiten zum Ende kamen und wir endlich den Sektempfang stürmen konnten. Ich schaute mich schon einmal um, um den taktisch klügsten Weg aus der Halle zu finden.

Wir möchten uns aber auch noch bei zwei weiteren Lehrern bedanken, die immer für uns da waren, uns zugehört haben, wenn wir Probleme hatten ,uns unsere Stärken bewusst gemacht und Perspektiven aufgezeigt haben, wenn wir unsere Zukunft in Scherben liegen sahen. Sie haben immer an uns geglaubt. Wir können Ihnen gar nicht genug danken. Wir bitten Frau Madison und Herrn Frank auf die Bühne.

Marc stupste mich an. Ich war so damit beschäftigt, den Weg zum Prosecco zu finden, dass ich unsere Namen gar nicht gehört hatte. „Wir müssen auf die Bühne, Milla". Was? In dem Kleid. Niemals. Alle Gäste schauten sich schon suchend um. Ich überlegte kurz, mich langsam vom Stuhl gleiten zu lassen und auf dem Boden zum Ausgang kriechend der Gefahr zu entgehen. Muhammed aus der 10a hatte uns in der Menge entdeckt und kam zielstrebig auf uns zu. Wir mussten also auf die Bühne. Es führte kein Weg daran vorbei. Marc nahm meinen Arm und zog mich vom Stuhl. Ich hörte ein leises Krachen und hatte plötzlich mehr Freiraum im Po-Bereich. Ich befürchtete Schlimmes. Vorsichtig fasste ich mit meiner Hand an meinen Po und ertastete ein ziemlich großes Loch in meinem Kleid. Die Nähte hatten sich tatsächlich in Wohlgefallen aufgelöst. Ich brach in Panik aus. Ich musste auf die Bühne, meine Unterhose war zu sehen und ich war einem breiten Publikum ausgesetzt, die vermutlich pausenlos versuchten, diesen Abend in Bildern und Videos festzuhalten. Mein Herz raste. Ich zupfte an Marcs Arm und zog ihn zu mir herunter. „Ich stehe hinten im Freien", flüsterte ich. Marc lächelte mich an und sagte, „ Das fühlt sich nur so an, weil das Kleid so eng ist". Es hatte die Dramatik der Lage nicht verstanden.

Mit fester und bestimmter Stimme sagte ich, „Es ist jetzt hinten nicht mehr eng!" Marcs Gesichtsausdruck änderte sich augenblicklich. Der Applaus ebbte nicht ab und wir wurden auf der Bühne erwartet. Es musste also schnell eine Lösung her. „Marc, ich muss vor dir gehen und du musst immer ganz nah hinter mir gehen, um den Riss verdecken. Verstehst du? Ganz nah!" Meine Stimme muss wohl ziemlich panisch geklungen haben, denn Marc verzichtete dieses mal sogar auf blöde Scherze und stellte sich direkt hinter mich. Wir hatten also einen ziemlich innigen Einmarsch auf die Bühne. Bisher schien keinem meine freigelegte Unterhose aufgefallen zu sein oder die Gäste waren so sensibel, nicht darauf zu reagieren.

Mia und Julian umarmten uns, als wir endlich auf der Bühne eingetroffen waren. Marc stand noch immer dicht hinter mir. Vor lauter Panik griff ich nach seiner Hand und zog ihn noch etwas näher.

Liebe Frau Madison, lieber Herr Frank, wir haben Ihnen ein Buch mit Fotos von uns zusammengestellt und jeder von uns hat Ihnen etwas Persönliches hineingeschrieben. Wir werden Sie so sehr vermissen, aber wir kommen Sie regelmäßig besuchen. Für Ihre Hochzeit und Ihre gemeinsame Zukunft wünschen wir Ihnen nur das Beste.

Die anwesenden Gäste klatschten laut und standen von ihren Plätzen auf. Wieso Hochzeit? Wir heiraten doch gar nicht. Ich hatte aber in Anbetracht der Situation nicht das Bedürfnis, dieses Missverständnis aufzuklären. Ich wünschte mir nichts Sehnlicher, als so schnell wie möglich diese Bühne, den Saal verlassen zu können und mir zu Hause etwas anzuziehen, dass meine Unterwäsche bedeckte. Wir bedankten uns bei den Zehnern und verließen langsam und eng aneinander geschmiegt die Bühne. Marc steuerte auf seinen Platz zu, aber ich zog ihn energisch mit in den Vorraum.

„Wir müssen hier weg. Bisher scheint noch keiner einen Blick auf meinen Schlüppi erwischt zu haben und ich fände es schön, wenn das auch so bleiben würde!" Marc sah, dass mein Blick keinen Widerspruch zuließ. Auf dem Weg zum Ausgang nahm ich mir noch einen Prosecco-to-go vom Empfang. Wir hatten den Ausgang schon fast erreicht, als Ceyda, Ronda und Alihan auf uns zukamen. Oh nein, seufzte ich innerlich.

„Gehen Sie schon? Netflix und Chill, was?" Alihan schaute Marc vielsagend an. „Sie waren den ganzen Abend unzertrennlich und auf der Bühne haben sie ganz eng aneinander gestanden. Sie sind sooooo süß zusammen". Ceyda schaute uns gerührt an. Mit Sicherheit dachte sie, dass Ronda und sie dafür verantwortlich seien und irgendwie waren sie es auch. Aber eben nicht so, wie die beiden sich das wünschten. Wir schafften es die Drei abzuwimmeln. Wahrscheinlich dachten sie, wir könnten es gar nicht erwarten, alleine zu sein. Glücklicherweise hatten wir es geschafft mein Missgeschick zu verbergen. Es gab keine peinlichen und unangemessenen Bilder und Videos von mir.

Marc setzte mich zu Hause ab und Louise, die ich als Babysitter eingesetzt hatte, öffnete mir die Türe. „Hast du mir aufgelauert. War es so schlimm?" , fragte ich scherzhaft. „Nö, alles unter Kontrolle. Wie war es denn?" Louise folgte mir ins Wohnzimmer. „Krasser Auftritt, Britney". Oh, den Riss in meinem Kleid hatte ich völlig vergessen. Ich berichtete Louise von meinem sensationellen Auftritt.

„Du brauchst dringend Prosecco. Das hilft das Trauma minimal zu halten." Wie recht Louise hatte. Den brauchte ich definitiv. Louise und Any saßen auf dem Sofa und spielten auf dem Tablet. „Mama, ich war so dumm gestern. Ich habe eine falsche Entscheidung getroffen. Ich hätte etwas anderes kaufen sollen", jammerte Ruby. Die Spiele, die Ruby auf ihrem Tablet hatte, waren fast alle kostenfrei, aber dummerweise die Zusatzfunktionen nicht. Gestern hatte ich Ruby eine dieser Zusatzfunktionen im Spiel freigeschaltet, ihr aber gesagt, dass das der letzte Kauf für dieses Wochenende wäre. Wenn es nach Ruby ginge, würde sie jeden Tag mehrere Sachen kaufen. Ich hatte ihr erklärt, dass das nicht ginge, da man sonst sein ganzes Geld verschwendete und nichts mehr hatte. Ruby saß wie ein Häufchen Elend neben Any.

„Es tut mir leid, dass ich kaufsüchtig bin". Naja, kaufsüchtig noch nicht, aber ich sehe Tendenzen. „Ich will doch unser Geld nicht verschwenden, aber ich kann nicht anders". Ich wollte doch einfach nur sitzen und die Anspannung abfallen lassen. Auf Dramen hatte ich gar keine Lust. Da hatte ich meine Rechnung aber ohne Ruby gemacht. Schon kullerten dicke Tränen voller Selbstmitleid ihre Wangen herunter.

„Weinen hilft mir, mich in die Probleme dieser Welt rein zusteigern", sagte mit theatralischer Stimme. Zum Reinsteigern in irgendwas brauchte sie die Tränen definitiv nicht. Das ging auch so immer ganz gut. Mit einem Eis konnte ich die Schmerzen der kleinen Kaufsüchtigen und ihrer Freundin lindern und Louise und ich kamen endlich dazu in Ruhe zu quatschen.

Neun

Sei nicht wie

die Anderen, Süße!

Coco Chanel

Ich freute mich auf ein entspanntes Wochenende, also soweit man mit Kindern von einem entspannten Wochenende reden konnte. Leider hatte ich die Rechnung ohne Louise gemacht. Louise hatte mich morgens angerufen und verkündet, dass wir mit Any und Ruby in der Scheune eines Bauernhofes von einem Bekannten übernachten würden. Dummerweise hatten es sowohl Any als auch Ruby ihren Freunden erzählt und so würden Louise und ich nicht nur zwei, sondern fünf Kinder betreuen. Ein Traum. Louise hatte auch bereits alles mit dem Bauern ausgemacht. Widerrede war also zwecklos. Was gab es Schöneres, als nachts mit einigen Siebenjährigen im Heu zu verbringen. Um sechs Uhr abends trafen Louise und ich uns am Bauernhof. Als die Eltern der anderen Kinder diese ablieferten und wieder fuhren, wollte ich weinen. Die Kinder waren hellauf begeistert. Die Scheune lag direkt neben dem Kuhstall. „Riechst du die frische Landluft, Milla? Ist das nicht herrlich." Louise war wild entschlossen, die Sache durchzuziehen. „Genau so hatte ich mir mein Wochenende vorgestellt." Ich grinste Louise zerknirscht an. Wir machten mit den Kindern Stockbrot und erzählten uns Gruselgeschichten. Wir hatten uns gerade bett- oder vielmehr heufertig gemacht, als Bauer Hermann zu uns kam. „Meiner Mutter geht es nicht so gut. Ich muss zu ihr fahren und werde wahrscheinlich über Nacht bleiben. Ihr kommt doch alleine klar, oder?"

„Na klar, fahr ruhig. Wir haben alles unter Kontrolle", rief Louise ihm entgegen. Als Bauer Hermann weggefahren war, fiel mir ein, dass er uns eigentlich angeboten hatte, dass er uns den Schlüssel gibt, damit wir nachts dort auf die Toilette gehen konnten. „Hat Hermann eigentlich den Schlüssel dagelassen?" Ich hatte wenig Hoffnung. Er war so überstürzt davongefahren, dass er das wohl vergessen hatte. Es wurde also rustikaler, als angenommen. Irgendwann wurden dann Gott sei Dank auch die Kinder müde und ich versuchte es mir im pieksigen Heu bequem zu machen. Das war nicht so einfach wie erwartet. „Mama, was ist das für ein Geräusch?" Ruby kuschelte sich ängstlich an mich. Wie das so ist – ein Kind wach, alle Kinder wach.

„Ich glaube es kommt aus dem Kuhstall". Die Einzige, die noch schlief, war Louise. Also ging ich von fünf Kindern gefolgt in den Kuhstall. Die

Taschenlampe hatte ich fest im Griff und versuchte mir meine Angst nicht anmerken zu lassen. Hoffentlich hatte niemand versucht in den Kuhstall einzubrechen. Naja, das würde wenig Sinn machen. Was gab es in einem Kuhstall schon Wertvolles zu klauen? Ich tastete mich an den Lichtschalter heran. Alles schien normal zu sein, aber das Geräusch war noch immer deutlich hörbar. Wir gingen an den Ställen vorbei. Die Milchkuh Lisa wirkte nervös. Als wir näher kamen, sahen wir auch weshalb. Da hatte Bauer Hermann uns wohl ein winziges Detail verschwiegen. Die Kuh Lisa war gerade dabei ihr Kälbchen auf die Welt zu bringen. Die Kinder waren völlig begeistert. „Guck mal, Milla. Da hängt ja schon ein Füßchen raus". Leni machte große Augen. Tatsächlich, es konnte also nicht mehr lange dauern und wir waren dabei. Quasi in der ersten Reihe. Milchkuh Lisa wurde zunehmend unruhiger, legte sich auf den Boden, stand schwerfällig wieder auf und machte laute

Geräusche. Sie musste starke Schmerzen haben.

„Wir müssen ihr helfen, Mama". Ruby nahm mich an der Hand und zog mich in die Kuhbox. Anscheinend erwartete sie jetzt von mir Geburtshilfe. So war das nicht abgesprochen. Im Heu schlafen ja, Geburtshilfe nein. „Das schafft Lisa bestimmt ganz alleine". Ich redete mir Mut zu. Sie würde es doch alleine schaffen, oder?

„Ah, hier seid ihr". Louise kam schlaftrunken auf uns zu. „Wie cool ist das denn? Lisa bekommt ja ein Kälbchen", sagte sie begeistert. Jetzt begann Lisa wild ihren Kopf und Schwanz hin und her zu bewegen und machte schmerzerfüllte Geräusche. Es war noch immer nur das eine Füßchen des Kälbchens zu sehen. Das war nicht gut. Es gab keinerlei Geburtsfortschritt.

„Wir müssen Lisa helfen. Vermutlich bekommt sie es alleine nicht auf die Welt gebracht". Die Kinder schauten mich begeistert an. „Ihr geht jetzt frisches Stroh holen, ich brauche einen Besen, einen Strick und Einmalhandschuhe", wies ich die Kinder an. „Willst du jetzt putzen und dekorieren oder ein Kälbchen zur Welt bringen?" Louise sah mich verständnislos an. „Ich habe, als ich klein war, mal Urlaub auf dem Bauernhof gemacht und gesehen, wie der Bauer ein Kälbchen zur Welt gebracht hat", antwortete ich, während ich mich nach den benötigten Utensilien umsah.

„Wieso weißt du denn das jetzt noch!?" Louise sah mich überrascht an. „Weil ich mir eben jeden Mist merken kann. Es ist eine Gabe und ein Fluch". Dafür gingen leider manchmal Basisinformationen wie bevorstehende Termine verloren, aber Opfer mussten gebracht werden. Zumindest wusste ich theoretisch, wie man ein Kalb zur Welt bringt. Die Kinder verteilten das frische Stroh in der Box und ich hatte mittlerweile einen Strick und einen Besen gefunden.

„Hast du Einmalhandschuhe dabei, Louise". „Wofür sollte ich bei einer Bauernhofübernachtung Einmalhandschuhe mitnehmen?" Auch wieder wahr. Dann hatte ich eine Idee. „Du hast doch immer Müllsäcke dabei, wenn wir etwas unternehmen. Die könnten auch gehen". Louise schaute mich fragend an. „Ich muss sie über die Hände ziehen, damit es steril ist", erklärte ich. Louise lief davon und kam mit zwei Müllsäcken wieder. Ich stülpte sie mir über die Arme und stellte mich wild entschlossen hinter Lisa. Okay, so weit so gut. Ich brauchte den anderen Fuß des Kälbchens, um es herausziehen zu können. Beherzt griff ich unter Ekelrufen der Kinder in die Kuh. Ich schloss die Augen und atmete tief durch. Innerlich versuchte ich meinen Happy Place zu finden. Den hatte ich jetzt dringend nötig.

„Mama, du steckst mit deinem Arm in Lisa." Ruby hatte die Situation sachgerecht zusam-

mengefasst. Schöner machte es die Lage jedoch nicht. Endlich hatte ich den anderen Fuß
gegriffen und zog ihn vorsichtig heraus. Lisa
schien begriffen zu haben, dass ich ihr helfen
wollte und ließ alles ohne Gegenwehr über sich
ergehen.

„Ich brauche das Seil", rief ich Louise zu. Ich
band beide Füße des Kalbes oberhalb des Hu-
fes an dem Seil fest. Das andere Ende des Sei-
les band ich am Besenstiel fest. „Louise ich
brauche deine Hilfe. Wir müssen bei der nächsten Wehe vorsichtig versuchen, das Kälbchen
herauszuziehen". Ich hatte Louise selten
sprachlos erlebt, aber jetzt war es soweit. Lisa
hatte sich hingelegt und wir sahen, dass ihr
Bauch sich unter der Wehe zusammenkrampfte.
„Zieh Louise!" Unter lautem Jubel der Kinder
schafften wir es nach der zweiten Wehe das
Kälbchen auf die Welt zu bringen. Oh Gott war
es süß und es störte mich noch nicht einmal,

dass es blutverschmiert war. Vor lauer Rührung kamen mir die Tränen. Ich fasste es nicht. Ich hatte doch tatsächlich so etwas wie Muttergefühle. Blöde Hormone.

Wir hatten es tatsächlich geschafft und ich war Tante geworden. „Jetzt müsst ihr das Kälbchen mit dem Stroh abreiben, um seinen Kreislauf in Gang zu bringen. Ruby du gehst bitte frisches Wasser für Lisa holen. Sie muss jetzt viel trinken." Selten wurden meine Anweisungen so schnell befolgt. Glücklicherweise waren die Atemwege des Kalbes frei. Ich hatte mich seelisch-moralisch bereits darauf vorbereitet, ihm mit einem Strohhalm die Sekrete abzusaugen. Man muss auch mal Glück haben.

Behutsam tätschelte ich Lisas Rücken. „Das hast du gut gemacht, Lisa". Louise legte mir die Hand auf die Schulter. „Du aber auch, Milla". Louise hatte zwei Piccolo-Flaschen Prosecco in der Hand. „Wir müssen ja schließlich auf das

Kälbchen anstoßen". Any kam zu mir und nahm mich in den Arm. „Ich finde, wir sollten das Kälbchen Milla nennen". Alle waren sich einig. Wir blieben noch eine Weile vor der Box sitzen und sahen Kälbchen Milla dabei zu, wie es seine ersten Stehversuche machte und es schließlich schaffte aus dem Euter zu trinken. Vor Müdigkeit mussten wir beim Beobachten irgendwann vor Lisas Box eingeschlafen sein und wurden erst wach, als Bauer Hermann mit einem Kaffee für Louise und mich in den Kuhstall kam.

„Guten Morgen. Habt ihr gut geschlafen?" Als er meinen vorwurfsvollen Blick sah, fügte er hinzu, „Oh, ich habe wohl vergessen zu erwähnen, dass Lisa bald kalben würde".

Ja, das war wohl richtig. Diese Information fehlte. Die Kinder berichteten ihm ausführlich, wie ich Kälbchen Milla zur Welt gebracht hatte. Hermann schaute mich schmunzelnd an. „Dann kannst du mich ja vertreten, falls ich mal in den Urlaub fahren möchte. Eine Stelle als Besamerin hätte ich auch noch zu vergeben". Ganz bestimmt nicht. Trotzdem war es ein tolles Erlebnis.

Zehn

Wie viele Sorgen verliert man,

wenn man sich entschließt,

nicht etwas,

sondern jemand zu sein.

Coco Chanel

Was für ein Wochenende. Es war Montagmorgen und ich fühlte mich alles andere als erholt. Zum Glück war es nur eine kurze Schulwoche, da am Donnerstag ein Feiertag und Freitag ein Brückentag war. Bilanz des Wochenendes: ein Kälbchen zur Welt gebracht und eine Katastrophe verhindert. So musste sich also Superwoman fühlen. Langsam aber sicher sah ich offensichtliche Parallelen. Wir waren beide pausenlos im Einsatz, ich allerdings nicht immer im perfekten Outfit. Aber daran konnte man arbeiten. Als ich Brad heute Morgen von meinem Chaoswochenende erzählt hatte, musste er laut lachen. „Du bist unglaublich, Milla. Du machst aus jeder Situation immer das Beste". Brad war immer so positiv. Ich hätte jetzt behauptet, ich würde das Chaos magisch anziehen und bei ihm klang ich wie eine Heldin. Ich entschied mich für die Heldenvariante. Hoffentlich würde Brad diese Sichtweise nie verlieren, sonst würde er erkennen, wie chaotisch ich war.

Marc stieg ins Auto. Er sah genauso müde wie ich aus. „Wie war denn dein Restwochenende. Hast du dich von dem Schrecken erholt? Übrigens schön zu sehen, dass du dieses mal komplett angezogen bist". Sehr witzig. Ich warf ihm einen strafenden Blick zu.

„Ich habe gestern Morgen ein Kälbchen zur Welt gebracht". Marc schaute mich irritiert an und grinste dann schelmisch. „Und ich habe Katzenbabys vor dem Ertrinken gerettet." Er nahm mich nicht ernst. Objektiv gesehen klang meine Geschichte auch nicht sonderlich wahrscheinlich. Ich beließ es dabei. Mir fehlte die Energie, ihn davon zu überzeugen, dass meine Behauptung stimmte.

An der Schule wurden wir schon sehnsüchtig erwartet. Ronda und Ceyda kamen uns über das ganze Gesicht strahlend entgegen. „Frau Madison, Sie sahen so schön am Abschlussball aus. Wie gut, dass das Kleid den ganzen Abend gehalten hat. Uns ist irgendwann das rote Garn ausgegangen und dann mussten wir einen dünneren Faden nehmen und sparsam benutzen". Ich musste tief durchatmen. Wieder Informationen, die vorher sehr hilfreich gewesen wären. Auf keinen Fall durften die beiden von dem Malheur erfahren, sonst war die ganze Vertuschungsaktion umsonst. Ich rang mich zu einem gequälten Lächeln durch. Mehr war angesichts der zeitlichen Nähe zum Trauma nicht möglich.

Dann fiel mir ein, dass ich Ronda noch gar nicht zu ihrer eins in der Englischarbeit gratuliert hatte. „Deine Englischarbeit war Weltklasse, Ronda. Du hast tatsächlich eine eines geschrieben". Ronda machte große Augen und forderte alle in der Nähe stehenden Mitschüler dazu auf, sich wild gestikulierend mit ihr zu freuen. Anscheinend hatten weder ihr Klassenlehrer noch Irene sie von ihrer guten Note in Kenntnis gesetzt. „Bekommen wir die Arbeit jetzt gleich wieder?" „Leider noch nicht, da es noch zwei Nachschreiber gibt". Ronda sah enttäuscht aus, hatte sie doch insgeheim schon die Wiedervereinigung mit ihrem Handy gefeiert. Ohne es schwarz auf weiß zu sehen, würde sie ihr Handy wohl nicht zurück bekommen. Marc und ich gingen ins Lehrerzimmer. Ich eilte direkt zum Kaffeeautomaten. Ohne Kaffee war ich morgens

nicht zu gebrauchen. Neben dem Kaffeeautomaten hing eine Liste, auf die wir mit Strichen
unseren Kaffeekonsum dokumentierten. Erstaunt schaute ich auf die Liste.

„Ich bin hier die Strichqueen". Thomas und Marc
schauten sich vielsagend an und brachen in
lautes Gelächter aus. Erst jetzt fiel mir die Zwei-
deutigkeit meiner Bemerkung auf. Gespielt ver-
ächtlich schaute ich sie an. „Superwoman
braucht eben ihre Wunderwaffe".

Als ich in die Klasse der Neuner kam, saß Ronda niedergeschlagen an ihrem Platz. Ich musste
dringend eine Lösung finden, dass sie ihr Handy
wieder bekam, ohne ihre Arbeit vorzeigen zu
können, sonst wäre der ganze Lerneifer dahin.

„Ronda, wir rufen deine Mutter an. Ich erzähle
ihr von deiner eins". Ich fand die Idee grandios.
Wir hatten das vor einigen Jahren schon einmal
gemacht, als Engin überraschend eine eins geschrieben hatte. Das Gespräch mit seiner Mut-

ter war sehr lustig und die ganze Klasse fühlte sich herrlich unterhalten.

„Ich kann ja wohl kaum mit meinem eigenen Handy anrufen, dann weiß meine Mutter, dass ich es mir aus ihrem Geheimversteck genommen habe". Dieses kleine Biest. Da hatte sie ihr Handy schon wieder und machte so ein Drama. Ich schaute Ronda streng an. Ich musste mich sehr zusammenreißen, um auch streng zu klingen, da ich die Situation eigentlich lustig fand. „Das ist aber nicht die feine englische Art, Ronda. Du solltest dir dein Handy auf ehrliche Art zurück verdienen". Ronda schaute mich kritisch an.

„Wer weiß, wie lange sie für die Korrektur gebraucht hätten? Danach wäre ich sozial ruiniert gewesen. Es war so schon schwer genug, den Kontakt zur Außenwelt zu halten". Ich hatte soziale Kontakte auch bis ich mein erstes Handy mit 25 Jahren bekommen habe. Es ging tatsächlich. Julie reichte Ronda ihr Handy. Ronda schaute sich um und sagte, „Ruhe jetzt. Ich rufe meine Mutter an. Wenn sie mir nicht glaubt, müssen Sie es ihr bestätigen, Frau Madison". Ich nickte bereitwillig. Ronda hatte das Telefon auf Lautsprecher gestellt und so konnten wir alle mithören.

„Mama, hier ist Ronda. Du bist auf Lautsprecher gestellt. Alle hören zu. Ich habe eine eins in der Englischarbeit geschrieben". „Das stimmt. Ronda hat sich wirklich prima auf die Arbeit vorbereitet", bestätigte ich. „Bekomme ich jetzt mein Handy zurück, Mama?" „Wie sind denn deine anderen Noten? Hast du die Mathe- und die Deutscharbeit schon zurück bekommen. Nur Englisch reicht nicht. Du musst dich bemühen, sonst bleibst du sitzen". Rondas Mutter war ziemlich konsequent. Ronda verdrehte die Augen. Sie schien den Deal anders verstanden zu haben. „Ständig möchtest du dich mit deinen

Freunden treffen. Schule ist so wichtig". Ronda hielt den Hörer vom Ohr weg. Es war ihr sichtlich peinlich, dass die ganze Klasse das Telefonat mithörte. „Mama ich muss jetzt auflegen". Ohne eine Antwort abzuwarten, beendete Ronda das Gespräch. „Gut, dass ich mir mein Handy vorher schon genommen habe".

In der zweiten Stunde hatte ich bei einer anderen neunten Klasse Englischunterricht. Nach unserer Schulordnung war es verboten, während des Unterrichts zu essen. Falls ich jemand erwischte, hatte ich als Strafe eingeführt, dass sie zusätzlich zu den dafür vorgesehenen Konsequenzen, mir die Hälfte des Naschgutes abgeben mussten. Ich kommentierte das Ganze immer mit den Worten, „Alleine essen macht dick". Die Neuner kannte ich schon seit der fünften Klasse und sie fanden die Regelung witzig. Die Schüler hatten die Regelung sogar auf den Weg zur Schule und auf den Nachhauseweg ausgedehnt. Wenn ich Schülern beispielsweise begegnete, wenn sie auf dem Rückweg vom Mittagessen sich noch etwas an der Bäckerei geholt hatten, kamen sie mir immer schon mit den Worten „Alleine essen macht dick" entgegen und boten mir etwas an. Leider wandten sie diese Regelung auch umgekehrt an. Ich kann mich an eine Situation erinnern, wo ich sie im Nachmittagsunterricht hatte und den ganzen Tag noch nicht dazu gekommen war, auch nur einmal in mein Brötchen zu beißen. Eine Hauswirtschaftsschülerin brachte mir einen gesunden Muffin in den Klassenraum. Mit den Worten, „Seid mir nicht böse, aber ich habe den ganzen Tag noch nichts gegessen. Ich muss wenigstens einmal abbeißen", biss ich in den Muffin. Gleichzeitig sagten 28 Schüler „Alleine essen macht dick". Also ließ ich meinen Muffin rumgehen und alle die wollten, durften sich ein Stück abbrechen. Ich blieb hungrig. Aber Regel ist Regel.

Heute war wieder einer dieser Tage, die nie enden wollten. Die Unterrichtsstunden kamen mir unglaublich lange vor und die Schüler waren schon in Ferienstimmung. Die Erwartungshaltung ging immer von „Schauen wir einen Film" bis „Können wir draußen Unterricht machen?". Zudem war es noch unglaublich heiß. Mit knapp dreißig Kindern in einem Klassenzimmer, war die Hitze dort kaum zu ertragen. Viele Schüler machten momentan einen Selbstversuch und versuchten Waschen durch übermäßigen Deo-Gebrauch zu ersetzen. Vielleicht duschten sie auch zusätzlich, aber mir wurde regelmäßig schwindelig in den Klassen. Ich schleppte mich nach der Mittagspause in den zweiten Stock. Es war eine Vertretungsstunde in Rondas und Ceydas Klasse und es war sowohl ihre als auch meine letzte Unterrichtsstunde an diesem Tag. Als ich in die Klasse kam, saß Dennis am Pult. Dennis war der Spaßvogel der Klasse und schaffte es alle mit seinen Witzen zu unterhalten. Leider auch während der Unterrichtsstunde, weshalb sein Klassenlehrer ihn seitlich ans Pult gesetzt hatte. Ich konnte mich manchmal alleine über seine Mimik kaputt lachen. Für alles hatte er eine Erklärung. Dennis hatte oft sein Material nicht dabei. Auf die Frage, wo denn sein Englischheft sei, antwortete er, „Das habe ich zu Hause gelassen. Ich möchte es schonen".

Einmal ging ich durch die Reihen und schaute mir die Hausaufgaben an. Die Schüler sollten eine Email an einen Freund zu einem vorgegebenen Thema schreiben. Als ich bei Dennis ankam, schaute er mich mit großen Augen an. „Ich habe meine Hausaufgaben auf dem Handy. Darf ich Ihnen die eben zeigen?" Rein aus Neugier, bejahte ich. Dennis zeigte mir dann den abfotografierten Hausaufgabentext. Schon an der Schrift konnte ich erkennen, dass er das nicht geschrieben hatte. Als ich genauer hinschaute sah ich, dass unter der Email, die die

Schüler im eigenen Namen schreiben sollten, „Yours, Julie", stand. Überraschenderweise stimmte die ganze Email auf seinem Handy mit Julies geschriebener Email überein. Welch ein Zufall.

Ich legte die Lektüren aufs Pult und steuerte direkt auf Dennis Platz zu und ließ mich auf den Stuhl sinken. „Wer am Pult sitzt, macht den Unterricht", erklärte ich. Ich hatte vor einigen Jahren an einer anderen Schule eine zehnte Klasse, die in der ersten Stunde eine Art offenen Beginn eingeführt hatte. Dummerweise lagen alle meine Englischstunden in dieser Klasse in der ersten Stunde. Das störte ungemein, dass ständig jemand hereinkam und den Unterricht unterbrach. Nach einiger Zeit hatte ich es eingeführt, dass derjenige, der zu spät kam, die verspätete Zeit den Unterricht übernehmen musste. Es kamen spannende Ergebnisse dabei raus. Nach knapp zwei Wochen waren alle pünktlich.

Ich erklärte Dennis auf Englisch, welches Kapitel gelesen und besprochen werden sollte. Die Schüler schauten ihn erwartungsvoll an. Dennis gab in einem Englisch-Deutsch-Gemisch Anweisungen und es war sehr unterhaltsam. Er ließ die Schüler das Gelesene übersetzen und stellte auf Englisch die Verständnisfragen, die ich ihm zuflüsterte. Dabei kamen manchmal, wie bei der Flüsterpost, sehr witzige Ergebnisse heraus, da er mich falsch verstanden hatte. Als die Schüler laut wurden, griff er zum Klassenbuch und knallte es auf das Pult. Unglaublich, wie Macht einen verändert. Als ich ihn darauf ansprach, lächelte er charmant. Wir schafften sogar zwei Kapitel durchzuarbeiten. „Nächste Woche Montag schreiben wir einen Vokabeltest über die Vokabeln zu Kapitel eins bis vier". Es klingelte und Dennis war erlöst. Als ich ins Klassenbuch eintrug, kam er zu mir und sagte, „Ich glaube ich werde Lehrer...vielleicht nicht unbedingt für Englisch". Ich schmunzelte. Tatsächlich hatte Dennis durchaus Talent. „Das finde ich eine gute Idee. Dann musst du nächstes Jahr mit einer Qualifikation hier abschließen". Das war doch schon einmal ein Anreiz. Dennis schien dadurch, dass ich ihm viel Lernen in Aussicht gestellt hatte, nicht abgeschreckt, sondern wild entschlossen. „Wenn Sie noch einmal Hilfe brauchen, Frau Madison, Sie wissen ja, wo ich sitze". Ich musste lachen. Dennis wollte gerade die Klasse verlassen, als ich ihm sagte, „Denkst du nächste Woche an den Vokabeltest?" Erst jetzt schien Dennis aufgefallen zu sein, dass er jetzt nun üben musste und keine Ausrede hatte.

Elf

Manchen Männer bemühen sich

lebenslang, das Wesen einer Frau

zu verstehen.

Andere befassen sich mit weniger

schwierigen Dingen, z.B. der Relativitätstheorie.

Albert Einstein

Louise hatte für heute Nachmittag ein Mutti-Treffen auf dem Spielplatz, der bei mir um die Ecke war, anberaumt. Die Mutti-Treffen machten wir schon seit der Kindergartenzeit, als unsere Kinder noch in der Gruppe für unter Drei-jährige waren. Wie Louise immer scherzhaft sagte, „Wir sind alles Rabenmütter, die ihre Kinder direkt nach der Geburt abgegeben haben". Wir sechs hatten uns alle gesucht und gefunden. Wir hatten von Anfang an gemerkt, dass wir anders waren, als die anderen Kindergarten-Mütter. Wir bastelten nicht mit Moosgummi oder filzten Glasuntersetzer, unsere Kinder waren Wildpinkler und unempfindlich. Beim Elternabend im Kindergarten hatten wir Prosecco statt einer Gemüseplatte dabei. Als Mutter kam man nicht so oft raus, da musste man die Feste nehmen, wie sie fielen. Wir organisierten zusammen Halloween-Feiern, machten zusätzlich unseren eigenen St. Martinszug oder zelteten spontan. Louise, Sonja, Martina, Nancy, Linda und ich waren anders.

Seit unsere Kinder in die Schule gekommen waren, sahen wir uns leider nicht mehr so häufig, aber regelmäßig. Nur Max war mit auf Rubys Schule gekommen. Alle anderen Muttis hatten eine Grundschule in der Nähe ihrer Wohnung gewählt.

Heute hatte ich nur bis mittags Unterricht und morgen war ein Feiertag. Wir hatten also jede Menge Zeit uns gegenseitig auf den neusten Stand zu bringen. Louise und Any warteten schon vor Rubys Schule. Wir hatten Sonja versprochen ihren Sohn Max abzuholen, da sie heute länger Schule hatte. Sie wollte dann nachkommen. Sonja war ebenfalls Lehrerin und unterrichtete Schüler an einer weiterführenden Schule.

Ruby und Any freuten sich schon riesig auf den Spielplatzbesuch. Max und Ruby waren gerade dabei sich ihre Hausschuhe auszuziehen und gegen ihre Straßenschuhe zu tauschen. Max besuchte wie Ruby die Übermittagsbetreuung. Im Gegensatz zu Ruby trödelte Max herum und war völlig fasziniert von Louises Pailletten T-Shirt. Die Pailletten hatten die Form eines lachenden Smiley. Wenn man die Pailletten in die andere Richtung strich, hatte der Smiley ein

Schlafgesicht. Während Max sich noch immer die Schuhe anzog, musste Louise immer vom schlafenden zum lachenden Smiley wechseln. „Das T-Shirt ist so toll. Das musst du jetzt immer anziehen". „Das geht aber nicht. Ich muss es ja zwischendurch waschen, sonst stinkt des. Dann ziehe ich einfach morgen gar nichts an", sagte Louise scherzhaft. Ben, der sich gerade auch die Schuhe anzog, verzog angewidert sein Gesicht und sagte bei dem Gedanken an eine nackte Louise, „Dann kotze ich". Louise und ich mussten lachen.

Auf dem Spielplatz angekommen, sicherten wir uns direkt den großen Tisch vor den Büschen. Wir begannen unsere Snacks aufzubauen und die Kinder stürmten die Spielgeräte. Kurz nach uns trafen auch Nancy, Martina und Linda ein. Wir umarmten uns zur Begrüßung und die erste Flasche Prosecco wurde geöffnet.

„Gestern hatte Any Schwimmtraining. Da keine nette andere Mutti dabei war, habe ich mich auf die Tribüne gesetzt und zugeguckt. Mensch war es heiß da drinnen...und das lag nicht an Torben". Torben war Anys Schwimmlehrer und Louise hatte schon mehrmals „ich würde mit ihm schlafen" gesagt. „Nach zehn Minuten habe ich es im Schwimmbad nicht mehr ausgehalten. Dabei hatte ich nur ein Träger-Shirt und eine kurze Hose an. Mir floss der Schweiß in Bächen runter und ich dachte, ich würde gleich kollabieren. Da ein paar Mütter vor mir saßen, habe ich meine kurze Hose ausgezogen". Louise ignorierte unsere schockierten Gesichter und biss in ein Würstchen. „Du hast nicht ernsthaft in deiner Unterhose im Schwimmbad gesessen?" Nancy sprach aus, was wir alle dachten. Louise verzog verständnislos ihr Gesicht.

„Ich bin ein Ossi. Wir sind in der Nähe von Wasser sonst immer nackt". „Du bist echt der

Knüller, Louise", sagte Martina. „Torben hat auch schon etwas verwirrt geguckt. Als es noch immer nicht kühler wurde, habe ich auch noch das Träger-Shirt ausgezogen". Louise nahm einen Schluck Prosecco. Wir schauten uns alle verdattert an. Es war auch nicht davon auszugehen, dass Louise scherzte. Sie war so. Ich liebte Louise für ihre Art. Sie war einfach unkompliziert. Wenn es ihr zu warm war, dann saß sie eben irgendwann in Unterwäsche im Schwimmbad und dann war es ihr auch egal, ob sie die tolle Unterwäsche anhatte oder ob die Simpsons ihren Schlüppi zierten.

„Torben hat es noch immer nicht gerafft. Wie viel offensichtlicher muss ich denn noch werden?" Louise schaute fragend in die Runde. Sie erwartete doch jetzt nicht ernsthaft eine Antwort. Hoffentlich wurde sie nicht viel offensichtlicher, zumindest nicht im Schwimmbad und nicht mit anderen Badegästen. Weshalb es von Louise noch kein kompromittierendes Foto wie von mir im Hochzeitskleid bei der Psychologin oder im Schlafanzug vor meiner Wohnung gab, war mir ein Rätsel.

„Hi, Mädels. Bin ich k.o. Habt ihr noch ein Gläschen für mich übrig gelassen?" Sonja kam auf uns zu und ließ sich auf die Bank fallen. „Wenn nötig auch eine ganze Flasche, allerdings nicht mehr ganz kalt" , antwortete ich. „Ihr glaubt gar nicht, was mir heute passiert ist. Ich hatte Externe für die Sexualaufklärung und Prävention vor Geschlechtskrankheiten in meiner elften Klasse. Ich musste als Aufsicht dableiben und die Schüler maßregeln. Ich hatte die Mädels und mein Kollege die Jungs. Ihr glaubt gar nicht, was die für Fragen gestellt haben. Da habe ich mit den Ohren geschlackert. Der überraschendste Beitrag kam aber von einer Schülerin, die zur Frage nach ihrer Verhütung antwortete, dass sie immer kurz vor dem Geschlechtsverkehr ihrer Mutter eine Pille klaute". Wir waren uns alle nicht sicher, ob Sonja uns auf den Arm nahm. Ihr Gesichtsausdruck sprach Bände. „Oh nein! Stellt euch das mal vor. Dann sind ja im schlimmsten Falle sowohl Mutter als auch Tochter schwanger, wenn die Mutter nicht genau nachhält, wie viele Pillen noch übrig sein müssten", schlussfolgerte ich schockiert. „Yo", Martina seufzte. „Aber wir konnten heute viele offene Fragen beantworten und Ammenmärchen aufklären".

Es war ein super schöner Nachmittag und wir waren um 21 Uhr die letzten Besucher, die den Spielplatz verließen.

Als wir nach Hause zurück gingen, fragte Ruby mich, „Mama, was habe ich früher noch immer gesagt?" Sie wollte wissen, welche Babysprache sie benutzt hatte. Ab und zu musste ich ihr immer erzählen, wie es war, als sie in meinem

Bauch war und was wir alles gemacht haben, als sie klein war.

„Zu Dreck hast du Muchuch und zum Flugzeug hast du Buchuch gesagt. Joshua hat zum Flugzeug immer Flufla gesagt". Ruby schaute mich entsetzt an und ihre Unterlippe begann zu zittern. Was hatte ich falsch gemacht? Das war ein Tatsachenbericht. „Joshua hat viel besser gesprochen als ich. Ich bin dumm". Woran sie das jetzt festgemacht hatte, war mir ein Rätsel. Es war wohl ein klassischer Fall von übermüdetem Kind.

Zwölf

Ein Freund ist

ein Mensch, der die Melodie

Deines Herzens kennt und

sie Dir vorspielt,

wenn Du sie vergessen hast.

Albert Einstein

Ruby und Joshua hatten Papa-Wochenende und ich hatte mir vorgenommen ein ruhiges Wochenende zu genießen und endlich mal das Haus aufzuräumen. Es sah schrecklich aus. Während der Woche kam ich einfach nicht dazu. Falls es bei mir brennen sollte, würde ich definitiv als Erstes das Namensschild an der Klingel abschrauben und behaupten, ich sei eine Freundin der Mieterin. Es wäre mir mehr als peinlich, wenn jemand diese Unordnung sehen würde. Falls jemand unangemeldet kommen sollte, könnte ich auch immer noch behaupten, es sei in der Nacht jemand eingebrochen und hätte das ganze Haus verwüstet. Aus Beweiszwecken durfte ich noch nicht aufräumen, da die Spurensicherung noch nicht fertig war.

Diebe, die bei mir einbrachen würden sich umsehen und denken, da waren wohl andere schneller und wieder gehen. Eigentlich war das eine ganz gute Einbruchssicherung. Heute würde sich das ändern. Ich würde aufräumen und putzen und versuchen diesen Zustand so lange wie möglich aufrecht zu halten.

Ich schaute auf mein Handy und sah eine Nachricht von Steve.

Wieso finden alle immer einen Partner. Ich bin heute in der Stadt gewesen und habe jede Menge Pärchen gesehen. Ich wünsche mir auch wieder jemanden, mit dem ich abends auf der Couch sitzen kann. Langsam gebe ich die Hoffnung auf, doch noch den Richtigen zu finden.

Steve stand auf Männer, was die Partnersuche nicht unbedingt vereinfachte. Er hatte lange Zeit seinem Ex-Freund hinterher getrauert, den er wegen seines unsteten Lebenswandels verlassen hatte. Sein Ex Jan hatte sich auch nie öffentlich zu seiner Homosexualität bekannt und so mussten sie ihre Liebe geheim halten. Das war mit Sicherheit auch nicht einfach. Ich machte mir schon seit längerem Sorgen um Steve. Er wirkte oft niedergeschlagen und resigniert. Dabei verstand ich das gar nicht, dass er nicht den Richtigen traf. Steve war nicht nur gutaussehend und intelligent, sondern auch außerordentlich empathisch. Ich griff zum Telefonhörer und rief Steve an.

„Wie geht es dir? Deine Nachricht klang ja gar nicht gut". Steve seufzte hörbar. „Ich habe heute eine Nachricht von Jan bekommen. Er hat geschrieben, dass er sich mit mir treffen will. Glaube mir, das würde ich so gerne. Ich habe mich ja nicht umsonst in ihn verliebt, aber es würde zu nichts führen. Wir wären wieder da, wo wir waren, als wir uns getrennt haben". Steves Stimme hatte zwischenzeitlich immer wieder gestockt. Dieses Mal ging es ihm wirklich nicht gut. Wir mussten dringend etwas unternehmen, um den Richtigen für ihn zu finden. Aber wo sucht man den? Wenn man in einen Club oder eine Bar geht, sind dort zwar immer viele Männer, aber das bedeutete ja nicht, dass sie auch alle auf andere Männer standen. Blöderweise trugen die Männer ja auch kein Schild mit ihrer sexuellen Ausrichtung um den Hals.

Dann fiel mir ein, dass Steve mir letzte Woche von einem Schwulen und Lesben Club hier in Köln erzählt hatte, der erst kürzlich aufgemacht hatte. Wie hieß er noch gleich? Genau, Rainbow hieß der Laden.

„Wir gehen gleich ins Rainbow. Ich komme dich um 21 Uhr abholen. Ausreden zwecklos. Am besten nehmen wir die S-Bahn, dann können wir beide etwas trinken". Statt in Jubel auszubrechen, sagte Steve, „Ich weiß nicht, ob ich dafür in Stimmung bin. Am liebsten würde ich mich verkriechen und „Vom Winde verweht" schauen". Hatte ich nicht gesagt, Ausreden sind zwecklos? „Nix da, ich bin gleich da". Bevor er nach weiteren Ausflüchten suchen konnte, legte ich auf. Ich schickte ihm noch eine Nachricht mit einem Kuss-Emoji und räumte halbherzig etwas auf.

Was bitte zog man in einen Schwulen- und Lesben Club an? Ich wählte Jeans und ein schwarzes enges Oberteil, mit einem raffinierten Rückenausschnitt. Punkt 21 Uhr stand ich vor Steves Türe und klingelte energisch, damit er meine wilde Entschlossenheit merkte, heute für ihn den Mann seines Lebens zu finden. Als er herunter kam, drückte ich ihm eine Dose Weg-Prosecco in die Hand. Steve sah sehr gut aus. Er hatte eine schwarze enge Jeans mit Löchern und ein eng anliegendes schwarzes Shirt mit einer Knopfleiste an, die er nicht ganz zugeknöpft hatte. Wenn wir ihn heute nicht vermittelt bekamen, dann wusste ich es auch nicht.

Von außen wirkte der Club nicht anders, als andere auch. Wir gingen an dem Türsteher vorbei hinein. Die Beleuchtung war schummrig und meine Augen mussten sich erst einmal daran gewöhnen. Es lief gerade das Lied „It`s raining men" von den Weather Girls. Das Rainbow war ziemlich voll. Frauen waren hier deutlich weniger als Männer. Links von der Türe war eine lange Theke mit Stehtischen. Eine der Kellnerinnen fiel mir sofort ins Auge. Sie war stark geschminkt, hatte rote Haare und trug auffällige Kleidung. Ich konnte meinen Blick gar nicht mehr von ihr wenden, weil ich so fasziniert von ihrer Erscheinung war. Steve stupste mich am Arm an.

„Sollen wir uns erst einmal setzen und etwas trinken?" Das klang nach einem guten Plan. Dann könnten wir schon einmal Ausschau nach einem potenziellen Traummann für Steve halten. Wir gingen auf die Tischreihen gegenüber der Theke zu. An der Wand über den Tischen hing die Pride-Flagge mit dem Regenbogendruck. Wir setzten uns an den letzten freien Tisch. Ich machte große Augen. In der Mitte des Tisches stand dekorativ ein pinker Dildo. Ein Blick auf die anderen Tische, auf denen ebenfalls Dildos in den unterschiedlichsten Farben standen zeigte mir, dass niemand Zubehör auf unserem Tisch vergessen hatte. Wir mussten also nicht nach dem rechtmäßigen Besitzer fahnden. Das wäre auch eine echt blöde Situation gewesen. Wie spricht man denn so etwas an? „Entschuldigen Sie bitte. Ich glaube Sie haben Ihren Dildo auf unserem Tisch vergessen."

Die auffällig geschminkte Kellnerin, die mir bereits aufgefallen war, kam an unseren Tisch, um Bestellungen aufzunehmen. „Was würdet ihr beiden Süßen denn gerne trinken?" Sie hatte eine sehr tiefe Stimme, die nicht zu ihrem Äußeren passte. Ich musste sie immerzu ansehen, da sie so Außergewöhnlich aussah. „Ich liebe Ihr Make-up. Ich habe noch nie so perfekt platzierten Lidschatten gesehen" , brach es aus mir heraus. Die Kellnerin schaute mich amüsiert an. „Du bist wohl Mal erste mal hier, Schätzchen. Sonst hätten wir uns bestimmt schon einmal gesehen. Ich bin Dragqueen Lara Lips." Ach, das erklärte die dunkle Stimme. „Ich bin Chaosqueen Milla Madison. Nachdem meine Schüler mich geschminkt haben, hatte ich auch ein Dragqueen-Make-up". Lara lachte laut los. „Du bist mir eine Marke, Darling": Ich vermutete, das war ein Kompliment. Wir bestellten Prosecco. Ich ließ meinen Blick durch den Raum schweifen. An der Theke saß ein dunkelhaariger Mann. Er war ein eher südländischer Typ.

„Steve, ich habe gerade deinen Traummann gefunden", rief ich triumphierend. Ich deutete unauffällig in die Richtung des Mannes. „Ich bin verliebt", schwärmte Steve. Wusste ich doch, dass ich ihn gut einschätzen konnte. „Ich gehe jetzt auf die Toilette und du nimmst Blickkontakt zu ihm auf", wies ich Steve an. Ich ging an der Tanzfläche vorbei in Richtung der Toiletten. Mist, obwohl hier viel weniger Frauen als Männer im Club waren, stand eine Schlange vor der Frauentoilette. Ich entschloss mich kurzer Hand in die Männertoilette zu gehen. Ich ging in eine der beiden Kabinen. Hier war es noch dunkler als im Club selber. Als ich mich gerade auf die Toilette gesetzt hatte, vernahm ich aus der anderen Kabine eindeutige Geräusche. Da hatten wohl zwei Spaß miteinander und taten sich das in regelmäßigen Abständen auch gegenseitig kund. Ich beeilte mich und ging zu Steve zurück. Schon von Weitem konnte ich sehen, dass Steve und der Mann an der Theke immer wieder verschüchterte Blicke austauschten. Es schien also schon einmal beiderseitiges Interesse zu bestehen. Sehr gut. Ich ließ mich auf meinen Platz fallen.

„Die Herrentoilette haben wohl einige zum

Darkroom zweckentfremdet. Ich gehe uns schnell noch etwas zu trinken besorgen". Steve war so sehr damit beschäftigt, mit dem südländischen Herren an der Theke verliebte Blicke auszutauschen, dass er meine Bemerkung kaum wahrgenommen hatte. „Kannst du uns bitte noch zwei Prosecco machen, Lara?" „Für euch beiden immer, Schätzchen". Lara stellte mir die beiden Gläser auf die Theke und ich bezahlte. Oh, sie spielten gerade „Believe" von Cher. Darauf musste ich einfach tanzen. Ich hatte Hummeln im Po. „Lara, kann ich die Gläser hier stehen lassen, es läuft „Believe". „Ich komme mit dir, Chaosqueen. Ich liebe dieses Lied". Lara bahnte sich einen Weg hinter der Theke hervor. Ich drehte mich zu Steves Traummann um. „Könntest du mir bitte einen Gefallen tun und die beiden Gläser an den Tisch dort drüben bringen. Du kannst dir gerne eins davon nehmen". Noch bevor ich eine Antwort abwarten konnte, nahm Lara mich an die Hand und zog mich auf die Tanzfläche. Ich warf einen kurzen Blick zurück und sah, dass Steves Traummann tatsächlich mit dem Prosecco auf Steves Tisch zusteuerte. Der erste Schritt war also getan. Die beiden würden sich kennenlernen. Hoffentlich verschlug es Steve nicht die Sprache.

Lara und ich gaben alles auf der Tanzfläche. Wir tanzten wild mit den Händen gestikulierend miteinander. Nach dem Lied umarmte Lara mich. „So Chaosqueen, ich muss jetzt mal wieder meinen Job machen". Ich ging langsam zu unseren Platz zurück. Hoffentlich hatten Steve und sein Traummann ein Gesprächsthema gefunden. Schon von Weitem konnte ich sehen, dass beide in ein Gespräch vertieft waren. Ich freute mich riesig. Das war doch schon einmal ein Anfang. Ich setzte mich neben Steve.

„Das ist Santos. Santos, das ist meine platonische Liebe Milla". Ich streckte Santos meine Hand entgegen. Er lächelte mich freundlich an. „Santos studiert hier in Köln Medizin. Er ist vor vier Jahren zum Studium aus Barcelona hierher gezogen". Als Steve über Santos sprach konnte ich förmlich Herzchen in seinen Augen sehen.

Steve hatte es definitiv erwischt. Unter dem Tisch griff Steve nach meiner Hand und drückte sie fest. Er war mir wegen meines kleinen Verkupplungstricks also nicht böse. Die Musik hörte auf zu spielen. Lara stand auf der Tanzfläche und griff zum Mikrofon.

„Jetzt suchen wir den Mr. Rainbow dieses Jahres. Welcher der Herren ist bereit, sich dem Wettbewerb zu stellen?" Einige Männer gingen auf die Bühne und präsentierten sich. „Gewinner dieses Jahres ist derjenige, der die beste Bühnenperformance abliefert. Sucht euch ein Lied aus und gebt alles". Die Männer bestritten nacheinander ihre Auftritte. Es war ein wahres Spektakel. Steve und Santos waren wieder in ein Gespräch vertieft und ich schaute mir die Show an. Als alle Männer aufgetreten waren, verkündete Lara den Sieger. „Sieger des Titels Mr. Rainbow dieses Jahres ist........ Trommelwirbel...der charmante Marcel". Marcel kam tänzelnd und die Hände triumphierend in die Luft streckend auf die Bühne. Lara umarmte ihn, vielleicht etwas länger als notwendig, und überreichte ihm eine Urkunde und eine Flasche Prosecco. Lara verließ die Bühne und ging wieder hinter die Theke. Hallo?! Wann kam denn der Wettbewerb zur Mrs. Rainbow? Ich schaute mich um. Es waren doch nun wirklich genügend hübsche Frauen anwesend. Entrüstet stand ich auf und steuerte auf Lara zu.

„Schnuckel, wann kommt denn die Wahl zur Mrs. Rainbow? Ich muss hier mal das Wort für die ganzen tollen Frauen in diesem Club erheben". Lara schaute mich amüsiert an. „Dann gehe ich schwer davon aus, dass du kandidierst, Darling". Was ich? Ich wollte doch nur für Gleichberechtigung sorgen. Dreck! Das ist ja mal gehörig schief gelaufen. Lara wollte mich tatsächlich auf einer Bühne singen lassen. Die Lieder wurden live gesungen, während man den

Text von einer Leinwand ablesen konnte. Mir fiel siedend heiß wieder ein, wie ich damals in meinem Zimmer in Düren laut die Lieder von einer CD mitgesungen hatte und mein Vater die Türe in meinem Kinderzimmer aufriss und mich besorgt fragte, „Wieso weinst du, Milla? Geht es dir gut?" Das war ein tief sitzendes Trauma, dem ich mich nun auf dieser Bühne stellen durfte. Ich bekam Schweißausbrüche.

Lara zerrte mich auf die Bühne. „Meine lieben Ladies. Nun küren wir die Mrs Rainbow dieses Jahres. Wer von euch Süßen tritt gegen die entzückende Milla an". Alle Augen richteten sich auf mich. Ich konnte Steve sehen, wie er sich umdrehte und mich überrascht anschaute. Meine Knie wurden weich. Acht weitere Kandidatinnen waren bereit gegen mich anzutreten. Das Los entschied, wer begann. Ich war die Letzte. Mir blieb also noch genug Zeit, um mich verrückt zu machen. Lara hielt mich noch immer fest an der Hand. Vermutlich hatte sie Angst ich könnte flüchten. Die Angst war berechtigt. Ich warf Steve einen zerknirschten Blick zu und er musste lachen.

Die Auftritt der anderen Kandidatinnen waren großartig. Jetzt war ich an der Reihe. Ich hatte mir das Lied „I am what I am" von Gloria Gaynor ausgesucht. Ich trat auf die Bühne und die Background Musik begann. „Ich bin, wer ich bin". Der Song passte haargenau auf mich. Wie oft hatte ich das Gefühl anders zu sein als andere Frauen und nicht dem zu entsprechen, was sich alle von mir wünschten. Mit leiser Stimme begann ich zu singen. Während ich den Text sang, musste ich an all die Situationen denken, in denen ich mich klein und nicht gut genug gefühlt hatte. Dann musste ich an Brad denken. Er liebte mich so wie ich war. Ich war einfach nur glücklich ihn gefunden zu haben. Als ich das Lied beendete liefen mir die Tränen die Wangen herunter. Ich hatte mich vollkommen blamiert, dessen war ich mir sicher. Erst jetzt nahm ich die Menschen um mich herum wahr. Ich hatte sie während des Auftritts komplett ausgeblendet. Alle klatschten und riefen meinen Namen. Lara kam auf die Bühne gelaufen und umarmte mich fest. „Du warst großartig, Schätzchen!" Sie wandte sich an das Publikum. „Wir haben eine Gewinnerin. Die Mrs Rainbow diesen Jahres ist die entzückende Milla": Lara gab mir die Urkunde und die Flasche Prosecco und küsste mich auf beide Wangen. Als ich zu Steve und Santos zurück ging begriff ich erst langsam, was gerade passiert war.

„Da lässt man dich mal eine Minute aus den Augen und schon bist du Mrs Rainbow!" Steve lachte über das ganze Gesicht. „Das war irgendwie eine Art Therapie. Ich habe alles heraus gesungen. Wenn ich mich wieder einmal schlecht fühle, singe ich für unsere Schüler", sagte ich scherzhaft. Ich fühlte mich tatsächlich großartig...und das lag nicht daran, dass ich eine Flasche Prosecco gewonnen hatte. Endlich mal ein Gewinn, mit dem auch Louise etwas anfangen konnte.

Wir waren mit die letzten Gäste im Rainbow. Steve und Santos konnten sich nicht voneinander trennen. Lara kam zu uns. „Wir schließen in fünf Minuten". „So Jungs, jetzt tauscht endlich eure Nummern aus, ich muss ins Bett". Steve schaute mich verlegen an. Santos holte sein Handy heraus und speicherte Steves Nummer. Ich verabschiedete mich von Lara und wir gingen zur S-Bahn.

„Er wird sich bestimmt nicht melden, sonst hätte er mir auch seine Nummer gegeben. Milla, er ist so süß und er sucht auch eine feste Beziehung und nicht nur ein Abenteuer. Ich will, dass er die Beziehung mit mir hat". Steve hatte noch nicht zu Ende gesprochen, als sein Handy piepte.

Steve griff blitzschnell in seine Tasche. Er öffnete die Nachricht und lächelte selig. „Ich nehme an die Nachricht war von Santos, oder?" „Ja", seufzte Steve glücklich. „Er hat geschrieben, dass er sich freut mich kennen gelernt zu haben und gefragt, ob ich Lust und Zeit habe, morgen etwas mit ihm zu unternehmen. Und guck mal er hat mir ein Kuss-Emoji geschickt". Ich freute mich so sehr für Steve. Das klang doch schon einmal sehr vielversprechend.

Zu Hause angekommen stellte ich meine Urkunde und die Prosecco-Flasche auf meinen Schreibtisch und legte mich ins Bett. Vor dem Einschlafen schrieb ich Brad eine Nachricht:

Ich bin jetzt wieder zu Hause. Steve hat jemanden kennengelernt. Er ist mega glücklich. Ach ja, ich bin übrigens die amtierende Mrs Rainbow :) Schlaf gut mein Schatz.

Ich liebe dich!

Dreizehn

Nach all den Jahren,

in denen ich als Frau hörte,

ich sei nicht dünn genug, nicht schön genug,

nicht klug genug, ich hätte von diesem und

jenen nicht genug...

wachte ich eines Morgens auf und dachte:

ich bin genug.

Anna Quindlen

Am nächsten Morgen wachte ich mit einem gehörigen Kater auf. Wie hatte ich das früher nur immer gemacht? Vor knapp zwanzig Jahren war ich manchmal sowohl freitags als auch samstags weggegangen. Au mein Kopf. Ich war defi-

nitiv nichts mehr gewohnt. Es war schon Ewigkeiten her, dass ich so lange ausschlafen konnte. Früher war ich eher eine Nachteule und war
bis mitten in der Nacht wach. Seit der Geburt
von Joshua und Ruby hatte sich das grundle-
gend geändert. Wenn Ruby nicht schlief, schlief
keiner. Unser Hund Jagger hatte die Situation
nicht gerade verbessert. In keinem der Hunde-
bücher, die ich gelesen hatte, bevor Jagger bei
uns eingezogen war stand, dass man nachts
alle paar Stunden aufstehen und Gassi gehen
musste. Auch davon, dass man nachts neben
seinem Hund auf dem Teppich schlief stand
dort nichts drin. Ganz schön clever, sonst würde
sich auch niemand einen Hund anschaffen.

Ich hatte mich heute Morgen, nachdem ich zurück kam extra im Wohnzimmer auf die Couch
gelegt, da Jagger dann länger schlief. Als ich
aufwachte, lag er wie ein Pascha neben mir.
Egal, Hauptsache ich hatte ausschlafen können.

Ich schaute auf mein Handy. Brad hatte mir geschrieben.

Guten Morgen Mrs Rainbow, ich hoffe du musstest für diesen Titel keine unanständigen Sachen machen;) Hast du gut geschlafen?

Ich musste lachen und schrieb „*Guten Morgen mein Schatz. Viel schlimmer, ich musste singen*".

Von Steve hatte ich auch diverse Nachrichten, in denen er mir von den Nachrichten, die Santos ihm diese Nacht noch geschrieben hatte, berichtete. Heute Nachmittag würden sie sich in einem Cafè treffen. Das klang doch wirklich sehr gut.

Unfähig mich zu irgendetwas aufzuraffen, griff ich nach meinem Tablet. Als ich meine Emails durchging, fiel mir der Brief von Prof. Dr. Miller von der University of Texas wieder ein. Als wenn „chaotisch" kein messbares Kriterium sei.

Ich musste ihm dringend mal Bilder von meiner Wohnung schicken. Viele kluge Frauen in meinem Bekanntenkreis waren chaotisch, aber manchmal durchaus ordentlich. Vielleicht war ich ja ein Extrem und dann brauchte er mich definitiv für seine neue Studie.

Ich googelte das Stichwort „Merkmale von Intelligenz". Sag ich es doch! Direkt fiel mir eine Studie der University of Minnesota ins Auge. Nach dieser Studie waren folgende Merkmale ein Zeichen von Intelligenz:

1. Unordentlichkeit
2. Intelligente Menschen sind häufig lange wach
3. Einzelgänger
4. Intelligente Menschen fluchen

Ich fand einen weiteren Bericht im britischen Telegraph, der sich auf Untersuchungen der London School of Economics bezog. In dieser Studie war ein zusätzliches Merkmal kluger Frauen:

5. Hang zum Alkohol

Diese Studie besagte, dass Frauen mehr tranken, je besser sie ausgebildet waren. Gedanklich ging ich die Merkmale durch. Ich ließ meinen Blick durch mein Wohnzimmer schweifen. Das Merkmal unordentlich erfüllte ich ohne Zweifel überdurchschnittlich gut und das nicht nur zu Hause, sondern auch an meinem Platz im Lehrerzimmer. Dort türmten sich immer Unmengen an kopierten Arbeitsmaterialen und Büchern. Trotzdem musste ich sagen, dass ich noch immer alles fand, was ich brauchte.

Schließlich hatte Albert Einstein schon gesagt, „Ordnung braucht nur der Dumme, das Genie beherrscht das Chaos". Ich war also in bester Gesellschaft und konnte endlich aufhören, mich für die Unordnung zu schämen. Trotzdem würde ich nachher etwas aufräumen. Sobald die Kopfschmerzen nachließen.

Naja, das mit dem lange wach bleiben hatte sich mit den Kindern erledigt. Ich war quasi fremdbestimmt, aber wenn ich könnte, wäre ich lieber lange wach, als früh aufzustehen. Das zählte sicher auch.

Bei dem nächsten Merkmal verhielt es sich ähnlich. Früher hatte ich keine Probleme damit, Zeit mit mir alleine zu verbringen. Ich fand ich war eine gute Gesellschaft. Jetzt hatte ich Joshua, Ruby und Louise.

Das nächste Merkmal erfüllte ich definitiv. Ich konnte fluchen wie ein Rohrspatz und tat das auch wann immer es Gelegenheit dazu gab.

Manchmal wurde ich sogar von Ruby oder Joshua mit einem mahnenden Blick und einem „Mama, so etwas sagt man nicht!", gemaßregelt. Zudem verfügte ich über ein großes Repertoire an Schimpfwörtern und nach dieser Studie bewies das, dass ich einen überdurchschnittlichen Wortschatz hatte.

Das nächste Merkmal bewies nun wohl definitiv, dass Louise und ich über alle Maße intelligent waren. Wir hatten keinen überdurchschnittlichen Alkoholkonsum, aber einen regelmäßigen.

Dann fand ich noch ein weiteres Merkmal für Intelligenz.

6. Humor

Nach einer Studie, die an der Universität von New Mexiko als auch von der Western Ontario Universität durchgeführt wurden, war Humor ein

eindeutiges Merkmal von Intelligenz. Galgen-
humor, schwarzer Humor, Ironie, das konnte ich
alles. Ich konnte also alle Selbstzweifel bei Seite legen, dass ich vielleicht doch nicht klug war,
nur weil ich von einem Fettnäpfchen ins Nächste tappte. Es gab Studien, nach denen ich klug
und „normal" war. Dieser Prof. Dr. Miller von der
University of Texas konnte mich mal. Dem würde ich mal gehörig die Meinung sagen. Ich durfte fluchen, ich war schließlich intelligent. Wie
toll, Intelligenz war quasi ein Freifahrtschein fürs
Fluchen, Alkohol trinken und unordentlich sein.
Da sag mal einer, Bildung macht nicht glücklich.

Seit ich die Studien gelesen hatte, fühlte ich
mich deutlich besser. Jetzt musste ich nur noch
den Junggesellinnenabschied nächste Woche
hinter mich bringen und dann würde ich in zwei
Wochen Frau Madison-Willis sein. Dieser Gedanke zauberte mir ein breites Lächeln ins Gesicht.

Vierzehn

Lasse nie zu,

dass du jemandem begegnest,

der nicht nach der Begegnung mit dir

glücklicher ist.

Mutter Teresa

Die Woche war wie im Flug vergangen. Heute war mein Junggesellinnenabschied. Ich hatte Louise gesagt, dass ich den Termin dafür vorher gerne wissen wollte, damit ich mich seelisch-moralisch darauf vorbereiten konnte. Leider konnte man sich auf Aktionen, die Louise plante nicht seelisch-moralisch vorbereiten. Es war Samstagabend und Ruby schlief bei einer Freundin und Joshua bei seinem Vater. So weit war alles geregelt. In einer Stunde würden Louise und die anderen Mädels hier sein. Ich hatte keine Ahnung, was sie geplant hatten. Das machte mir Angst. Ich rief Brad an.

„Schatz, ich hoffe du wirst mich auch morgen noch heiraten wollen". Brad lachte. Er dachte wohl ich würde scherzen, aber ich meinte es ziemlich ernst. „Mach dir darum keine Sorgen, Schatz. Ich wünsche euch einen schönen Abend. Meine Jungs haben auch irgendetwas geplant. Ich bin ja mal gespannt". Hoffentlich hatten sie ihm keine Stripperin engagiert, in die er sich spontan verliebte und mit der er durchbrach. Na toll, jetzt machte ich mir nicht nur Sorgen um meinen Junggesellinnenabschied, sondern auch um seinen Junggesellenabschied. Brad musste gemerkt haben, dass ich mir Gedanken machte. „Mach dir keine Sorgen. Ich liebe nur dich, Milla". Hoffentlich morgen auch noch, dachte ich. „Pass auf, dass keine unangemessenen Fotos von dir in der Zeitung landen", sagte ich scherzhaft.

Es klingelte an der Türe. Es war Louise. „Heute lassen wir es krachen!", rief sie mir schon an der Türe entgegen und fiel mir um den Hals. Gut, Louise war normal angezogen und trug keine peinliche Verkleidung. Sie hatte also beherzigt, was ich gesagt hatte. Ich schaute mich suchend um. „Wo sind denn die Anderen oder feiern wir beide alleine?" Louise machte ein geheimnisvolles Gesicht. „Das ist eine Überraschung". Oh Bitte keine Überraschungen. Mich stresste die Situation ohnehin schon genug. Jetzt konnte ich Joshua verstehen. Er hasste Überraschungen und wollte sowohl vor seinem Geburtstag als auch vor Weihnachten immer genauestens wissen, was er geschenkt bekam, damit er sich auf eine möglichst angemessene Reaktion vorbereiten konnte. Vielleicht war ich ja auch Autistin. Eigentlich mochte ich Überraschungen. Heute würde ich allerdings vieles darum geben zu wissen, was Louise geplant hatte. „Kannst du mir nicht wenigstens einen Hinweis geben, was wir machen?", bettelte ich und sah sie flehend an. Louise hielt mir eine Tüte hin. „Das ist der erste Hinweis. Das musst du anziehen".

Oh nein, ich hatte es befürchtet. Dabei fand ich, ich sah durchaus weggehtauglich aus. „Das ist definitiv kein Junggesellinnenabschieds-Outfit". Resigniert nahm ich die Tüte und ging ins Bad. Schlimmer als mein Abschlussball-Kleid von Ronda und Ceyda konnte es wohl nicht sein.

„Nicht dein Ernst, Louise!", rief ich durch die verschlossene Badezimmertüre. Louise verlangte wohl nicht ernsthaft von mir, dass ich ein Bunny-Kostüm tragen würde. Ich öffnete die Badezimmertüre und schaute sie böse an.

„Was denn?" Das ist ein ganz normales Outfit für den Anlass. Schließlich musst du dafür sorgen, dass wir das Geld für den Prosecco zusammen bekommen. Du weißt doch, ich kann viel trinken", fügte sie scherzhaft hinzu. „Ich verspreche dir, dass wir nicht hier in Köln weggehen und niemand dich erkennen wird". Louise konnte offensichtlich Gedanken lesen. Ich war schon etwas beruhigter.

„Du erwartest also von mir, dass ich mich für deinen Prosecco-Konsum prostituiere?", sagte ich scherzhaft. „Nicht nur für meinen, sondern auch für deinen und den der Mädels. Noch kannst du so was tragen. Bald bist du glücklich und verheiratet und wirst dick". Ich musste dringend nachlesen, ob es tatsächlich Studien gab, die belegten, dass glückliche und/oder verheiratete Frauen zunahmen. „Jetzt mach schon! Vertrau mir einfach". Das tat ich auch normalerweise, aber es gab schon zu viele Situationen, in denen Louise nicht ganz unwesentlich an deren chaotischem Ausgang beteiligt war.

Ich ging wieder ins Bad zurück und zog mein Bunny-Kostüm an. Bei meinem Anblick machte Louise große Augen. Ich hatte eine enge schwarze glänzende Satin-Korsage an, die unten in einem kurzen Rock auslief. Dazu trug ich eine Netzstrumpfhose und hohe schwarze Schuhe. Um meinen Hals hatte ich eine Fliege aus dem gleichen schwarzen Satin-Stoff. Das entwürdigendste Detail waren aber wohl die typischen schwarzen Bunny-Ohren. Louise pfiff durch ihre Zähne. „Wir werden heute viel Prosecco trinken können". Ich konnte ihre Begeisterung nicht ganz teilen.

„Ich sehe aus, als würde ich gerade von einer Party in der Playboy Mansion kommen". „Was ist denn so falsch daran? Ich glaube, die Partys da sind gar nicht so schlecht". Louise verstand nicht, worauf ich hinaus wollte. Ich hatte keine Wahl. Es war ja nur für heute Abend und keiner, der mich kannte, würde mich sehen und dann müsste ich solche schrecklichen Dinge nie wieder machen. Brad durfte mich nie verlassen. So etwas würde ich definitiv kein zweites Mal durchstehen.

„Du musst jetzt zwei Minuten hier warten und dann heraus kommen. Hier ist schon einmal eine Dose Prosecco, damit du locker wirst". Dafür war mehr als eine Dose erforderlich. Wie viel schlimmer konnte es denn jetzt noch werden? Ich schaute an mir herunter und schickte ein Stoßgebet in den Himmel.

„Du kannst rauskommen", hörte ich die Mädels vor der Türe rufen. Ich atmete tief durch und öffnete die Eingangstüre. Vor der Türe standen Louise und einige meiner Freundinnen vor einem rosa Kastenwagen. Sie trugen alle rosa T-Shirts mit der Aufschrift, *„Milla macht`s"*. Sie traten zur Seite und ich konnte sehen, dass auch den Wagen die Aufschrift *„Milla macht`s"* in großen weißen Lettern zierte.

In einer Minute war ich von dem coolen Bunny zu jemandem geworden, der im horizontalen Gewerbe Dienste gegen Geld anbot.

„Überraschung", riefen alle im Chor. Das war in der Tat eine Überraschung, aber keine von den Guten. „Die T-Shirts habe ich extra für uns bedrucken lassen und der Wagen fährt uns heute Abend dahin, wohin wir wollen". Louise klang aufgeregt. Ich atmete tief durch.

„Louise, was hast du dir denn bei den T-Shirts gedacht?!", fragte ich stockend. „Ist doch klar. Das bedeutet, dass du es machst; du heiratest endlich". Ich denke nicht, dass diese Message bei allen so ankommt. Ich versuchte mich zusammenzureißen. Louise hatte sich so viel Mühe gegeben.

„Alle einsteigen, es geht los", wies Louise uns an und wir stiegen alle in das pinke Milla macht`s - Mobil. Hoffentlich fuhren wir ganz weit weg. Ich hätte auch nichts dagegen, wenn wir das Land für heute Abend verlassen. Nur zur Sicherheit.

So viel Glück hatte ich nicht. Ich sah, an den Autobahnschildern, dass wir in Richtung Düsseldorf fuhren. Louise schenkte uns allen Prosecco ein und ich fing langsam an, mich zu entspannen. Louise hatte ganze Arbeit geleistet. Der Wagen war innen mit Blumen dekoriert und mit einem Stoff, der wie ein Schleier aussah, abgehängt.

Wir waren fast in Düsseldorf angekommen, als ich mein Handy aus der Tasche zog, um Brad eine Nachricht zu schreiben. Marc hatte mehrmals versucht mich zu erreichen. Es musste etwas Dringendes sein. Ich sah, dass Marc online war und schrieb ihm eine Nachricht. *„Ist etwas passiert? Ich bin gerade unterwegs".* Marc las meine Nachricht und rief mich an. „Lina ist verschwunden. Sie ist gestern Nacht nicht nach Hause gekommen. Ihren Eltern hatte sie gesagt, dass sie bei Susanne übernachtet. Als sie heute Nachmittag nicht nach Hause gekommen ist, haben Linas Eltern bei Susanne angerufen und es ist herausgekommen, dass sie dort nie war. Ihr Handy ist ausgeschaltet. Die Polizei sucht jetzt auch nach ihr". Ich war schockiert. Lina war eine Schülerin aus unserer Klassen. Hoffentlich war ihr nichts passiert. „Ich komme. Wir treffen uns an der Schule". Ich dachte nach. Wenn sie vorgetäuscht hatte irgendwo anders zu schlafen, hatte sie wahrscheinlich geplant, sich mit jemandem zu treffen. Sie war also nicht überraschend entführt worden.

„Kannst du bitte mit Steve zu Linas Eltern fahren. Falls die Polizei das noch nicht gemacht hat, müssen wir uns ihren Rechner anschauen. Steve hat Ahnung von Computern. Er kann herausfinden, mit wem sie als Letztes geschrieben hat". Louise und die anderen Mädels schauten mich irritiert an.

„Mädels, es gibt eine Planänderung. Wir müssen zurück nach Köln. Eine meiner Schülerinnen wird seit gestern Abend vermisst. Ich habe keine ruhige Minute, bis wir sie gefunden haben". Mir kamen die Tränen. Was war nur passiert? Louise umarmte mich. „Wir helfen dir. Wir werden Lina finden. Mach dir keine Sorgen, Milla".

Mein Gehirn lief auf Hochtouren. Lina hatte ihr Handy ständig in der Hand. Sie musste doch irgendeine virtuelle Spur hinterlassen haben. Ich nahm mein Handy und ging auf ihr Whatsapp-Profil. Seit einem Klassenausflug hatten unsere Schüler Marcs und meine Nummer, da sie sich in Kleingruppen frei bewegen durften und uns so im Notfall kontaktieren konnten. Ich schaute mir Linas Story an. Gestern Nachmittag hatte sie mehrere Bilder mit Denise gepostet. Vielleicht wusste sie mehr. Ich schrieb Denise, dass sie uns an der Schule treffen sollte. Vielleicht gab es noch mehr Hinweise auf anderen Medien. Als ich die Nachrichten der Klassengruppe öffnete, sah ich, dass sich Linas Verschwinden schon herumgesprochen hatte. Also konnte ich mit der Sache offen umgehen, ohne alle in Panik zu versetzen. Ich schrieb, *„Wir benötigen eure Hilfe, um Lina zu finden. Könntet ihr bitte schauen, was Lina als Letztes auf Snapchat, Facebook, Instagram etc. gepostet hat und uns Screenshots zusenden? Wir werden Lina finden."*

Denise hatte geantwortet, dass sie zur Schule kommen würde. Als wir an der Schule ankamen, stieg Marc gerade aus seinem Auto. Er schaute erst mich, dann Louise und die anderen Mädels an.

„Frag nicht", sagte ich mit einem Augenrollen. „Wenn du es so möchtest", Marc konnte sich trotz der angespannten Situation ein breites Grinsen nicht verkneifen. „Ich habe Steve bei Linas Eltern abgesetzt. Ein Polizist war auch da und sie schauen zusammen Linas Computer durch und geben uns Bescheid, sobald sie eine neue Spur haben". Das war schon einmal gut.

„Am Besten wir teilen uns auf. Louise, du gehst mit mir und Marc. Es wäre super lieb, wenn ihr euch in der Stadt verteilt und nach ihr sucht. Ich schicke euch Linas Profil-Foto, damit ihr wisst, nach wem ihr suchen müsst". Meine Mädels machten sich mit Linas Foto auf die Suche. Ich schaute in die Klassengruppe. Unsere Schüler hatten Bilder von Linas Snapchat und Instagram Account eingestellt. Ich schaute genauer hin. Eines der Fotos zeigte eine Aufnahme, die in der Nähe des Bahnhofs aufgenommen wurde. Es war von gestern Abend. Denise kam auf Marc und mich zu.

„Hallo, Denise. Schön, dass du da bist". Denise schaute mich von oben bis unten an. Ich tat, als wäre nichts. Es war keine Zeit für Erklärungen. „Wir gehen in Richtung Bahnhof. So Denise, raus mit der Sprache. Was weißt du? Ich weiß, dass du dich gestern kurz vor ihrem Verschwinden mit Lina getroffen hast". Lina wurde kreidebleich. Ich legte meinen Arm um sie. „Es wird alles gut, aber du musst uns jetzt alles erzählen, was uns weiter helfen könnte".

„Woher wissen Sie überhaupt, dass ich mich mit Lina getroffen habe?" Denise schaute mich erstaunt an. „Ich weiß alles". Ich zwinkerte ihr zu. „Lina hatte Streit mit ihrer Mutter, da sie eine Unterschrift gefälscht hat. Sie hatte doch eine fünf in der Mathearbeit und hat sich nicht getraut, ihrer Mutter davon zu erzählen. Sie wissen doch, dass Lina vielleicht sitzen bleibt, wenn ihre letzten Arbeiten nicht besser ausfallen". Gott sei Dank, sie war wirklich nicht entführt worden. Ich schrieb Steve, dass er bitte dem Polizisten den Grund für ihr Linas Verschwinden mitteilen sollte. „Lina weiß vermutlich, dass spätestens seit heute die Polizei nach ihr sucht. Sie wird sich also irgendwo verstecken. Sie kann zu keiner Freundin gehen, da das auffallen würde. Wahrscheinlich wird sie sich in einem leerstehenden Gebäude verstecken...vielleicht auch in einer leerstehenden Wohnung", dachte ich laut nach. Ich griff nach meinem Handy und googelte nach leerstehenden Wohnungen oder Gebäuden. Schnell fand ich einen Zeitungsartikel über eine Fabrik, die vor einigen Wochen geschlossen worden war. Sie befand sich in der Nähe des Bahnhofs. Das würde passen. Wir waren schon ganz in der Nähe. Ich gab diese Information ebenfalls an Steve weiter. Steve schrieb zurück,

„Ich habe der Polizei die Information weiter gegeben. Sie wollen wissen, woher du das weißt...ich übrigens auch;)".

„Weil ich eine kluge Frau bin;)", schrieb ich nur kurz zurück. Hoffentlich lag ich mit meiner Vermutung richtig. Steve schrieb zurück,

„Das weiß ich doch. Ich habe gerade mal in Linas Computer geschaut. Sie hat das Gebäude tatsächlich gegoogelt. Du bist ein Genie!"

Der Zaun um das Fabrikgebäude war von Büschen und Sträuchern überwuchert. Wir fanden ein Loch im Zaun und krochen hindurch. Die Türen des Fabrikgebäudes waren mit großen Ketten verschlossen. In dem Bericht stand auch, dass das Gebäude sanierungsbedürftig wäre. Vermutlich wollte man so verhindern, dass sich Unbefugte hier aufhielten und sich verletzten. Wir gingen um das Gebäude herum und fanden ein eingeschlagenes Fenster im Erdgeschoss. Es war groß genug, um hindurchzusteigen. Vorsichtshalber griff ich durch das Loch und öffnete das Fenster von innen, damit wir uns nicht an den restlichen Glassplittern verletzten. Ich stieg als Erste durch das Fenster.

In dem Fabrikgebäude war es dunkel. Nur wenig Licht kam durch die schmutzigen Fenster. In der Ecke des Raumes saß Lina zusammengekauert auf einer Decke. Vor Erleichterung kamen mir die Tränen.

„Sie ist hier", rief ich den Anderen zu. Ich lief auf Lina zu und nahm sie in den Arm. „Was machst du denn für Sachen? Wir haben uns alle große Sorgen um dich gemacht!". Lina schaute mich traurig an. „Ich hatte Angst meinen Eltern von der Mathenote zu erzählen, also habe ich selber unterschrieben. Meine Eltern haben das mitbekommen und waren stinksauer. Ich habe sie so enttäuscht". Jetzt weinte Lina auch. Ich drückte sie fester. „Ich spreche mit deinen Eltern. Sie haben dich sehr lieb und machen sich wahnsinnige Sorgen".

Marc hatte in der Zwischenzeit Linas Eltern geschrieben und Louise hatte unseren Mädels Bescheid gegeben. Als wir vor der Fabrik standen, waren sowohl die Polizei als auch Linas Eltern und die Hälfte unserer Klasse da. Lina fragte mich, „Wie haben Sie mich eigentlich gefunden?"

Noch bevor ich antworten konnte, sagte Can, „Sie sind voll Sherlock und Holmes, Frau Madison". Ich musste lachen. Die Anspannung fiel von mir ab. „Es heißt Sherlock und Watson. Sherlock Holmes ist eine Person". Louise schaute mich an und rollte mit den Augen.

„Als wenn das wichtig wäre!", sagte Louise lachend. „Was?! Und ob! Ich habe schließlich einen Bildungsauftrag". Ich zwinkerte Louise zu.

Der Polizist, der neben Steve stand, schaute in die Runde. „Wer ist denn hier die kluge Frau, die uns die ganzen Hinweise gegeben hat?" Alle zeigten mit dem Finger auf mich. Der Polizist schaute mich an und konnte sich ein Schmunzeln nicht verkneifen. Vermutlich hatte er von einer klugen Frau ein anderes Outfit erwartet. Jetzt wurde mir wieder bewusst, dass ich noch immer mein Bunny-Outfit trug. Das hatte ich komplett ausgeblendet. Selbstsicher schaute ich den Polizisten an. „Ja, das bin ich".

Lina kam zu Marc und mir und umarmte uns. Dann schaute sie mich kritisch an. „Wieso sehen Sie so komisch aus, Frau Madison?" Glücklicherweise konnte ihr nicht antworten, da der Polizist mich ansprach. „Wir müssten Sie bitten zur Tatbestandsaufnahme mit aufs Revier zu kommen." Ich erklärte dem Polizisten, dass wir unserem Fahrer gesagt hatten, dass wir ihn nicht mehr brauchten. Er bot uns an, dass wir alle auf dem Revier warten könnten und dann anschließend unsere Feier fortsetzen könnten. Mittlerweile waren noch mehr Einsatzfahrzeuge gekommen, so dass für uns alle Platz war.

Auf dem Revier sorgten wir für viel Trubel. In kürzester Zeit hatte sich herumgesprochen, was passiert war und weshalb wir aussahen, wie wir aussahen.

Als ich mit meiner Aussage fertig war, kam ich in den Raum, in dem Louise und die anderen Mädels auf mich warteten. Louise hatte mit einigen der Polizisten ein Gespräch begonnen.

„So, uns fehlt noch Prosecco-Geld. Eigentlich hätte Milla sich das erarbeiten müssen, aber sie hat ja auch so ganz gute Arbeit geleistet. Also, wer von den Herren auch der Meinung ist, kann gerne reichlich in unsere Prosecco-Kasse einzahlen". Louise nahm ihre Herzgeldbörse und ging herum. Die Polizisten, die so etwas wohl nicht alle Tage erlebten, waren sehr großzügig. Wir würden definitiv nicht verdursten müssen. Als Louise ihre Sammelaktion beendet hatte, schaute sie erneut in die Runde der herumstehenden Polizisten.

„Eigentlich hatte ich Milla einen Stripper versprochen. Den Termin werden wir wohl nicht mehr rechtzeitig wahrnehmen können, aber vielleicht würde sich ja einer von Ihnen bereit erklären. Ich sehe hier durchaus Potenzial und das richtige Kostüm tragen Sie ja schließlich schon". Die Polizisten lachten und ich schaute Louise strafend an.

„Man wird es ja wohl mal versuchen dürfen", lachte sie. „Ich hatte dir gesagt, dass ich keinen Stripper will", raunte ich ihr zu. „Du nicht, aber ich! Immer denkst du nur an dich. Du bist mir ja vielleicht eine Freundin!" Louise zwinkerte mir zu. „Also wenn sich hier schon keiner ausziehen will, dann könnten Sie uns vielleicht einen anderen Gefallen tun". Keiner der Polizisten traute sich nachzufragen, was Louise meinte. „Es ist jetzt schon zu spät, um mit der S-Bahn nach Düsseldorf zu kommen. Außerdem können wir in diesem Aufzug unmöglich draußen herumlaufen".

Ach, jetzt plötzlich?! Vorher hatte Louise da wenig Bedenken, zumindest was mein Outfit betraf. Ich musste lachen. Einer der Polizisten sagte, „Sie haben uns wirklich weiter geholfen und wir möchten Ihnen schließlich Ihren Abend nicht ruinieren. Es ist momentan nicht viel los, so dass ich Sie mit einem Einsatzfahrzeug nach Düsseldorf bringen kann".

Die Mädels jubelten. Wir würden also doch noch meinen Junggesellinnenabschied feiern.

Unser Auftritt in Düsseldorf sorgte für ganz schön viel Aufsehen. So etwas sahen die Düsseldorfer wohl nicht alle Tage. Langsam fiel die ganze Anspannung von mir ab und ich konnte mich voll und ganz auf den Abend mit meinen Mädels konzentrieren. Louise hatte noch versucht, den Polizisten, der uns gefahren hatte zu überreden, sich uns anzuschließen, aber er hatte lachend abgelehnt.

Es war ein wunderschöner Abend, der bis in die frühen Morgenstunden ging. Ich musste keine entwürdigenden Spiele machen, da die Polizisten netter Weise reichlich gespendet hatten. Mit zunehmendem Prosecco-Konsum vergaß ich auch mein Bunny-Kostüm und fand es schon fast gesellschaftsfähig.

Zu Hause angekommen, fiel ich todmüde, aber glücklich auf mein Sofa. Hoffentlich hatte Brad seinen Junggesellenabschied gut überstanden und wusste auch morgen noch wer ich war.

Fünfzehn

Für die Welt bist du irgendjemand,

aber für irgendjemanden

bist du die Welt.

Erich Fried

Oh Gott, es war schon wieder Montag. Das Wochenende war wie im Flug vergangen. Während ich versuchte wach zu werden, dachte ich mit Schrecken an gestern. Als ich nach dieser ereignisreichen Nacht wach wurde, hatte ich diverse Nachrichten auf meinem Handy. Ich war mir sicher, dass es die Junggesellinnen-Mädels waren, die sich über die gestrige Nacht austauschten, aber da irrte ich mich. Die erste Nachricht, die ich las, war von meinen Eltern.

„Wenn du Geld brauchst, kannst du uns das ruhig sagen, Milla. Du weißt wir sind immer für dich da. Wir haben dich trotzdem lieb."

Ich hatte zwar eine Menge getrunken, aber ich verstand nicht, was sie damit meinten.

Die Erklärung lieferten Louises Bilder. Auf einem Bild, war ich von hinten in meinem Bunny-Kostüm zu sehen, wie ich gerade in das Polizeiauto stieg, was uns zur Wache fuhr. Neben mir war Louise in ihrem *Milla macht`s* -T-Shirt zu sehen, die mit ihren Fingern ein Victory-Zeichen machte. Das andere Bild zeigte den Artikel *„Lehrer helfen vermisste Schülerin zu finden"*. Dummerweise war bei dem Artikel kein Foto von mir, welches die Situation hätte aufklären können. Mein Outfit hätte es vermutlich auch mit Bild von mir nicht erklären können. Louise hatte unter die Bilder, *„Unglaublich, wie du es immer schaffst, in die Zeitung zu kommen;)"* geschrieben. Nun ja, an meinen unpassend gekleideten Fotos im Internet war Louise nicht immer ganz unschuldig.

Brad hatte auch geschrieben. Beim Öffnen seiner Nachricht zitterten meine Hände. Hoffentlich dachte er nicht auch, dass ich Dienste gegen Geld anbot. Hätte ich doch nur nicht dieses blöde Kostüm getragen. Zusammen mit den T-Shirts der Mädels konnte man ja schon fast zu keinem anderen Schluss kommen. Ich atmete tief durch und öffnete seine Nachricht.

„Guten Morgen mein Schatz. Ich hoffe es geht dir gut":

Er hatte mich Schatz genannt. Das jetzt schon einmal kein allzu schlechtes Zeichen. Und er hatte sich nach meinem Befinden erkundigt. Also war ich ihm noch wichtig. Vielleicht wollte er auch nur höflich sein. Bitte, lass mich nicht wieder Single sein.

„Ich kann alles erklären. Es ist nicht so, wie es aussieht".

Ich schickte die Nachricht ab. Schrieb man so etwas nicht immer, wenn es eigentlich doch so war, wie es aussah? Schnell schickte ich eine weitere Nachricht hinterher.

„Bitte verlass mich nicht!"

Wie viel verzweifelter konnte man bitte klingen?! Ich konnte nicht klar denken. Ich schickte ihm den Zeitungsartikel, über unsere Rettungsaktion. Hoffentlich würde das wenigstens ansatzweise die Situation erklären. Ich sah, dass Brad meine Nachrichten gelesen hatte. Wieso schrieb er nicht zurück? Wie langsam kann man denn bitte lesen?! Dann ging er offline. Mein Herz raste und Tränen stiegen mir in die Augen. Man konnte wirklich niemandem zumuten, mit jemandem wie mir zusammen zu sein. Immer passierten unvorhergesehene Dinge und ich war mittendrin. Dann klingelte das Telefon. Ich sah auf dem Display, dass es Brad war.

„Euer Abend scheint definitiv spektakulärer gewesen zu sein, als unserer. Cooles Kostüm", Brad lachte und fügte hinzu, „Lass mich raten, das war bestimmt Louises Idee".

Vor lauter Erleichterung brachen die Tränen nun richtig aus mir heraus. „Was ist denn los, Schatz? Ihr habt deine Schülerin doch gefunden?" Langsam war ich wieder in der Lage zu sprechen. „Ich hatte solche Angst, dass du das Bild vielleicht falsch interpretieren würdest. Du weißt ich würde nie etwas tun, was dich verletzten würde. Ich wollte das Kostüm auch gar nicht anziehen und wer konnte denn ahnen, dass schon wieder so etwas passiert?"

„Das weiß ich doch. Du bist eben ein guter Mensch und versuchst immer zu helfen...und außerdem bist du mit Louise befreundet. Diese Kombi kann dann schon einmal zu solchen Ereignissen führen". Es tat so gut, Brads Stimme zu hören.

Mein Wochenende hätte ruhig länger sein können. Jetzt war es aber Zeit aufzustehen. Marc und ich sollten heute mit unserer Klasse noch einmal die Ereignisse des Wochenendes aufarbeiten und mit den Schülern besprechen, dass Unterschriften fälschen und Weglaufen keine Lösung war. Mit diesem Gedanken stand ich auf.

Die erste Stunde hatte ich direkt in meiner Klasse Unterricht. Das traf sich gut. Ein Kollege musste unserer Klasse bereits die Türe aufgeschlossen haben, denn die Schüler warteten nicht wie gewohnt vor ihrer Klasse. Es war außerdem ungewöhnlich ruhig in der Klasse. Ich öffnete die Türe und trat hinein.

Mein Blick fiel als Erstes auf das Pult. Dort standen allerlei Lebensmittel und Getränke. Wir hatten definitiv kein Frühstück geplant. Fragend schaute ich erst Marc an und dann in die Runde.

Susanne, die Klassensprecherin in unserer Klasse war, kam auf mich zu.

„Frau Madison, wir wollen nicht, dass Sie nebenbei Ihr Geld so verdienen müssen. Da Sie ja kein Geld annehmen dürfen, haben wir Ihnen Lebensmittel mitgebracht". Ich war irritiert. „Wir sind für Sie da. Sie können sich auf uns verlassen", sagte Jonas. Susanne kam nach vorne und gab mir eine Dose. „Meine Mutter hat etwas für Sie gekocht. Sie hat Ihnen auch einen Brief geschrieben". Susanne drückte mir einen Brief in die Hand.

„Sie haben bestimmt das Foto von dir im Bunny-Outfit gesehen", raunte Marc mir zu. Ich musste lachen. Oh nein, meine Schüler dachten bestimmt, ich müsste mein Gehalt aufbessern und das Bunny-Kostüm wäre meine Arbeitsbekleidung. Ich musste dringend alles aufklären und einen Elternabend einberufen.

„Ich glaube, ich muss euch da etwas erklären". Ich zog mir einen Stuhl mittig vor die Klasse. Ich musste dringend sitzen. „Da bin ich ja gespannt", sagte Marc mit einem breiten Grinsen und setzte sich auf einen Stuhl neben mir. Das war nicht hilfreich.

„Als ich die Nachricht von Linas Verschwinden bekam, war ich gerade unterwegs, um meinen Junggesellinnenabschied zu feiern. Meine Freundinnen hatten den Abend für mich geplant und sich einige Spiele ausgedacht. An so einem

Junggesellinnenabend ist es üblich, lustige Kostüme oder T-Shirts mit einer lustigen Aufschrift zu tragen. Ich hatte keine Zeit mich vor der Suche noch einmal umzuziehen. Ich verspreche euch, dass ich keinen anzüglichen Nebenjob habe und auch sonst nicht so herumlaufe".

Einige meiner Schüler schauten noch immer, als wären Restzweifel vorhanden, doch die meisten von ihnen schien meine Erklärung deutlich zu erleichtern.

„Wann heiraten Sie beide denn?" Denise schaute mich neugierig an. Nun gut, es gab also noch mehr Erklärungsbedarf.

„Meinst du ich sollte mir bei deiner Erklärung für die Dramatik der Situation ein paar Tränen herausquetschen?", flüsterte Marc mir scherzend zu.

„Wenn du das machst, dann wird deine Handy-nummer, die Nummer bei Kummer". Ich atmete tief durch.

„Ich werde nächstes Wochenende heiraten, aber nicht Herrn Frank, sondern meinen Verlob-ten". Meine Schüler sahen mich schweigend an. Dann meldete sich Can. „Wieso haben Sie uns das denn nicht erzählt, Frau Madison? Wir er-zählen Ihnen doch auch immer alles". Ja, das stimmt, sie erzählten mir und Marc wirklich fast alles und meistens mehr als wir wissen wollten. Can schaute Marc an. „Sind Sie traurig darüber, Herr Frank?" Ich schaute Marc warnend an. Jetzt war nicht der Zeitpunkt schauspielerische Fähigkeiten auszutesten.

„Frau Madison und ich sind sehr gute Freunde, aber wir sind kein Paar". Noch bevor Marc wei-ter sprechen konnte, rief Can in die Klasse, „Haben Sie denn wenigstens eine Freundschaft plus?"

Marc musste schmunzeln und sagte nachdenklich, „Nein, es ist eher eine Freundschaft minus. Es ist rein platonisch". Die Schüler hatten noch eine Menge Fragen zur Hochzeit und zu Brad. „Wann bekommen wir denn unsere Einladungen?", fragte Susanne.

„Hast du die denn noch nicht ausgeteilt?" Marc schaute mich grinsend von der Seite an. „Witzbold", zischte ich. Ich schaute in die Klasse und es wurde eine Antwort von mir erwartet. Ich fühlte mich sehr geschmeichelt, dass meine Schüler so sehr an meinem Privatleben und an meinem Wohlergehen interessiert waren. Ich wäre früher nie auf die Idee gekommen, auf die Hochzeit einer meiner Lehrer zu gehen. Was sollte ich denn jetzt nur sagen? Natürlich hätte ich sie gerne dabei, aber Brad und ich hatten uns entschieden nur mit unseren engsten Familienmitgliedern und Freunden zu feiern. Und wie sollten sie überhaupt alle nach Düren kommen?

„Wir werden nur im ganz kleinen Kreis feiern", setzte ich meine Erklärung an.

„Aber wir müssen doch kommen, Sie sind doch unsere Klassenmama". Susanne hatte offensichtlich verstanden, worauf ich hinaus wollte. Ich erklärte meinen Schülern, dass der Garten meiner Eltern nicht so groß sei, wir aber auf jeden Fall meine Hochzeit mit der ganzen Klasse nachfeiern würden. Damit konnten sich meine Schüler abfinden.

Anscheinend hatte sich die Nachricht, dass ich nächstes Wochenende nicht Marc, sondern jemand anderen heiraten würde schnell herumgesprochen.

Als ich in der letzten Stunde in die neunte Klasse kam, kamen mir Ronda, Ceyda und Kemal schon aufgeregt entgegen.

„Frau Madison, das geht mal so gar nicht! Sie können doch nicht einfach jemanden heiraten, ohne ihn uns vorzustellen!" Ronda war erbost. Und ich war so naiv zu denken, ich wäre mit den Hochzeitsvorbereitungen durch. Eigentlich dachte ich, meine Schüler würden mir wenigstens annähernd zutrauen, dass ich die richtige Partnerwahl traf.

„Wann lernen wir ihn kennen?" Kemal war da schon einen Schritt weiter.

„Beim nächsten Schulfest wird Brad, also Herr Willis, mit Sicherheit vorbei kommen". Ich hoffte, dass dieses Angebot dankend angenommen wurde.

„Ihr ernst?! Dann ist es doch schon zu spät!, rief Ceyda. Ich hatte es mittlerweile geschafft, in die Klasse zu kommen und nun standen meine Neuntklässler alle um mich herum und waren vermutlich zum ersten Mal seit der fünften Klasse einer Meinung.

„Wann wollten Sie uns denn sagen, welche Kleidung wir bei Ihrer Hochzeit tragen müssen, wann wir da sein sollen und, ob Sie noch Hilfe bei der Vorbereitung brauchen?!" Jolie stemmte ihre Arme in die Hüfte und schaute mich an. Anscheinend wurde auch hier erwartet, dass alle eingeladen waren. Ich erklärte, wie bereits in meiner Klasse, dass ich lediglich im kleinen Kreis heiraten würde.

„Dann lassen Sie uns wenigstens Ihr Kleid nähen, Frau Madison". Ronda und Ceyda schauten mich erfreut an und erwarteten, dass ich vor lauter Begeisterung Freudentänze aufführte. Ich hatte augenblicklich wieder die Bilder vom Abschluss der Zehner im Kopf und bekam eine Panikattacke. Ich würde mit Sicherheit nicht in einem von Ceyda und Ronda genähten Kleid heiraten.

So süß das auch war, aber bei meiner Hochzeit würde ich nicht hinten herum im Freien stehen.

„Das ist wahnsinnig lieb von euch, aber ich habe bereits ein Kleid. Ich werde euch nach der Hochzeit Bilder zeigen". Ich hoffte, das würde als Versöhnungsangebot ausreichen.

„Wann lernen wir denn diesen Brad nun kennen?". Aus dieser Nummer kam ich nicht mehr raus. Ich dachte nach. Brad würde morgen Mittag schon nach Köln kommen und für abends hatten wir geplant, nur zu zweit etwas zu unternehmen.

„Herr Willis und ich gehen morgen Abend im italienischen Restaurant in der Nähe der Schule essen. Das Wetter soll gut sein, also werden wir vermutlich draußen sitzen. Wenn zwei oder drei von euch dort vorbeigehen wollen, könnt ihr einen Blick auf ihn werfen". Schon als ich es aussprach, hatte ich Zweifel, ob das so eine gute Idee war. „Es werden aber keine Fotos gemacht und wir werden auch nicht angestarrt. Ich möchte mich nicht wie Zoo fühlen". Mahnend blickte ich meine Schüler an.

„Sie können sich auf uns verlassen. Sie werden uns nicht sehen. Ich schwöre". Ich war also noch einmal glimpflich aus dieser Situation heraus gekommen, ohne alle zu unserer Hochzeit einladen zu müssen.

„Frau Madison, kann ich vielleicht jetzt schon gehen. Ich singe gleich bei einer Castingshow vor". Dennis sah mich flehend an. Ich schaute auf die Uhr. Wir hatten noch fünf Minuten Unterricht. „Du darfst als erster mit dem Gong die Schule verlassen".

„Ach Frau Madison, dann bin ich voll abgehetzt. Schule ist nur Plan B. Ich singe und rappe echt gut. Falls ich morgen nicht da bin, wissen Sie, dass ich dann eine Musikkarriere starte". Ich hoffte sehr, dass das nur ein Scherz war.

Sechzehn

Charme ist der unsichtbare

Teil der Schönheit,

ohne den niemand wirklich

schön sein kann.

Sophia Loren

Als Dennis heute Morgen in den Unterricht kam, wirkte er etwas zerknirscht und murmelte etwas wie, „Schule ist jetzt doch wieder Plan A", als er zu seinem Platz ging. Gott sei Dank. Nicht, dass ich ihm keine Musikkarriere gönnte, aber erst nach seinem Abschluss.

Mittags hatte ich Brad und seine Söhne John und Henry mit Ruby und Joshua vom Bahnhof abgeholt. Nur noch vier Tage, dann würden wir offiziell eine Familie sein. Bei dem Gedanken daran kribbelte es gehörig in meinem Bauch.

Louise hatte versprochen mit den Kindern einen DVD-Abend zu machen, damit Brad und ich Zeit hatten, die letzten Dinge für die Hochzeit am Samstag durchzusprechen.

Ich hatte für uns einen Tisch in einem wunderschönen italienischen Restaurant reserviert. Immer, wenn ich dort war, hatte ich das Gefühl im Urlaub in Italien zu sein.

Das Restaurant hatte einen Außenbereich, der von Olivenbäumen in mediterranen Töpfen umsäumt war. Überall leuchteten warmweiße Lampignons. Im Hintergrund lief leise Musik. Obwohl es schon Abend war, war es noch schön warm draußen und ich trug mein neues türkisfarbenes schulterfreies Kleid mit Volants am Ausschnitt. Ich konnte meine Augen kaum von Brad wenden. Seine Augen strahlten so viel Wärme aus. Ich war einfach nur glücklich.

Wir bestellten etwas zu Essen und tranken einen Wein. Nach einer Weile hatte ich das Gefühl, beobachtet zu werden. Suchend schaute ich mich um. Ich sah gerade noch, wie jemand hinter einem Auto verschwand, dass am Straßenrand parkte. Vermutlich hatte ich Verfolgungswahn. Ronda und Ceyda würde vermutlich gleich vorbei laufen, uns grüßen und weiter gehen. So war es abgesprochen.

Durch die Olivenbäume hindurch konnte ich in einige Entfernung, eine Person beobachten, die schon seit geraumer Zeit vor dem Schaufenster des Geschäftes auf der gegenüberliegenden Seite stand. Ich glaube ich brauche dringend eine Brille.

„Geht es dir gut, Milla? Du wirkst irgendwie abgelenkt" .Mist, es war Brad aufgefallen. Ich hatte ihm zwar davon erzählt, dass die Schüler ihn unbedingt kennen lernen wollten, aber mehr auch nicht. Vielleicht hatten Ronda und Ceyda auch vergessen vorbei zu kommen und hatten stattdessen lieber etwas anderes unternommen. Aus dem Augenwinkel sah ich, dass sich etwas hinter den großen Blumenkübeln, in denen sich die Olivenbäume befanden, bewegte und sich näher an uns heranpirschte. Ich erkannte Alihan.

„Hörst du mir zu, Schatz?". Brad schaute mich lächelnd an. „Ich glaube wir werden beobachtet. Einer von meinen Schülern sitzt hinter dem Olivenbaum. Sie wollten dich unbedingt kennenlernen und der Deal war, dass sie hier vorbei gehen und höflich grüßen dürfen". So konnte ich nicht in Ruhe den Abend genießen. Ich stand auf, ging um die Olivenbäume herum und ertappte Alihan, der gerade versuchte auf allen Vieren, wegzukrabbeln.

„Hiergeblieben", rief ich gespielt streng. Alihan drehte sich um. „Ach, da ist mein Kaugummi ja. Es ist mir aus dem Mund gefallen und ich wollte es aufheben, um es wegzuwerfen". Als wenn. Ohne auf seine Ausrede einzugehen, fragte ich, „Wo sind die Anderen". Alihan blickte sich um. Ich hatte mich also doch nicht getäuscht.

„Ihr könnt rauskommen. Ich weiß, dass ihr da seid". Ich hatte den Satz gerade beendet, als Ronda und Ceyda hinter dem Auto hervorkamen, Susanne und Denise aus einem Hauseingang und weitere Schüler aus ihren Verstecken hervorlugten.

„Das war nicht unsere Absprache". Streng schaute ich in die Runde. So viele Schüler und Schülerinnen hatte ich nicht erwartet. Brad war zu mir gekommen und lachte.

„Sind das alles deine Kinder? Du hattest mir von zweien erzählt". Ronda schaute mich zerknirscht an. „Es tut mir leid, Frau Madison. Ich hatte es auf Insta und Facebook gepostet, dass Sie heute Abend hier sind. Aber ich habe allen gesagt, sie sollen unauffällig sein. Ich schwöre".

Jetzt konnte ich mir das Lachen nicht mehr verkneifen. „Ihr und unauffällig. Das war doch klar, dass das nicht funktionieren würde". „Sind Sie jetzt sauer? Wir wollten Ihnen wirklich nicht den Abend verderben, aber wir müssen doch auf Sie aufpassen und sicherstellen, dass Sie niemanden heiraten, der Sie nicht verdient hat". Ceyda schaute mich mit einem Hundeblick an. Brad nahm meine Hand.

„Ich möchte auch, dass eure Frau Madison glücklich ist. Was haltet ihr davon, wenn wir uns gleich am Eiscafè gegenüber treffen, wir euch ein Eis spendieren und ihr mir alle Fragen stellt, die euch unter den Nägeln brennen?". Das Angebot wurde mit großer Freude angenommen. Als wir wieder ins Restaurant gingen, um zu bezahlen, schaute ich Brad schmunzelnd an. „Bereite dich schon einmal darauf vor, eine ganze Menge distanzloser Fragen zu beantworten". Brad küsste mich. „Ich habe nichts zu ver-

bergen. Sie haben dich wirklich in ihr Herz geschlossen, Milla". Das hatten sie in der Tat.

„So ist es also mit einer lokalen Berühmtheit
zusammen zu sein", fügte Brad scherzend hinzu.

Als wir am Eiscafè ankamen, war gefühlt unsere
halbe Schule da. Vermutlich hatten Ronda und
Ceyda die spontane Fragerunde auf allen möglichen Plattformen gepostet. Brad beantwortete
geduldig alle Fragen und am Ende des Abends
hatte er auch die Herzen der Schüler gewonnen
und wir hatten ihre Zustimmung heiraten zu dürfen.

Siebzehn

Die schönsten Romane

werden erlebt-

und nicht geschrieben.

Audrey Hepburn

Heute war es endlich soweit. Ich würde tatsächlich meinen Mr. Right heiraten. Gestern waren Louise, Ruby, Joshua und ich bereits nach Düren gefahren und hatten in einem Hotel ganz in der Nähe meiner Eltern übernachtet. Brad war mit Henry und John in Köln geblieben und würde sich gleich mit Marc als Chauffeur auf den Weg nach Düren machen. So war auf jeden Fall sichergestellt, dass er die Braut, also mich, yibbie, nicht vor der Trauung sah. Louise hatte eine Checkliste gemacht und wir hatten sie mehrmals kontrolliert. Es konnte also nichts mehr schief gehen. Für unsere Hochzeit hatte ein Freund von Marc uns seinen Oldtimer geliehen. Ich schaute aus dem Fenster. Obwohl es noch sehr früh war, schien bereits die Sonne.

Meine Eltern hatten versprochen, Ruby und Joshua zu beaufsichtigen und zu schauen, dass sie rechtzeitig fertig waren. Meine Haare waren bereits hochgesteckt und auch mein Make-up hatte ich trotz mehrmaligen Angeboten Rondas, selbst gemacht.

Louise kam mit einem Glas Prosecco auf mich zu. „Dein letzter Prosecco als unverheiratete Frau". „Ich kann doch nicht schon morgens trinken", lachte ich.

„Dieser Prosecco ist für deinen Kreislauf und gegen die Nervosität. Er ist also quasi Medizin". Das war überzeugend. Schließlich wollte ich ja nicht vor der Trauung umfallen. Gott, war ich nervös. Ich war so froh, dass Louise bei mir war.

Brad hatte mir eine Nachricht geschickt, dass sie vor einer halben Stunde losgefahren waren, also mussten sie bald hier sein, um mich abzuholen. Louise würde uns dann in ihrem Auto hinterher fahren.

Mein Handy klingelte. Es war mein Vater. „Na, wie sieht es aus? Schon kalte Füße bekommen?". Sehr witzig. Nichts würde mich davon abhalten, Brad zu heiraten.

„Die meisten Gäste sind schon hier und der Standesbeamte auch. Ihr solltet bald kommen, ich habe ihn schon dazu genötigt, einen Lottebov mit mir zu trinken. Nur damit seine Stimme geölt ist, versteht sich. Er spricht aber noch in ganzen Sätzen".

Meinen Vater als Risikoquelle hatte ich nicht einkalkuliert. Ich verbot ihm, den Standesbeamten weiter mit hochprozentigen Dürener Spirituosen zu versorgen.

„Bist du bereit, dein Kleid anzuziehen?". Louise strahlte mich an. Mein Kleid, dachte ich und seufzte. Fast hätte ich es heute nicht tragen können.

Ich war fertig angezogen. Jetzt fehlte nur noch Brad. Eigentlich müsste er schon längst hier sein. „Nicht, dass er es sich anders überlegt hat". „So wie du heute aussiehst, findest du ganz schnell einen Neuen". Das war nicht lustig. Solche Scherze macht man mit Bräuten an ihrem Hochzeitstag nicht.

Mein Handy klingelte. Es war Brad. Bestimmt wollte er sagen, dass sie gleich da sind.

„Hallo mein Schatz. Wir hatten gerade einen Unfall. Uns ist jemand hinten aufgefahren. Wir warten jetzt auf die Polizei". Ich ließ mich auf das Bett des Hotelzimmers fallen. „Geht es dir gut? Ist euch etwas passiert?". „Nein, uns ist nichts passiert. Es ist nur ein Blechschaden, aber ich fürchte mit dem Auto können wir nicht weiter fahren".

Mir liefen die Tränen die Wangen hinunter. Tief durchatmen. Alles würde gut gehen. Mir würde schon etwas einfallen. „Ich rufe kurz meinen Vater an, um ihm zu sagen, dass sich die Trauung verschiebt und dann melde ich mich wieder". Ich legte auf und fing bitterlich an zu weinen. Vermutlich hatte dieser blöde Prof. Dr. Miller doch recht. Louise hatte sich aus den Fetzen des Telefonats schon zusammengereimt, was passiert war und nahm mich in den Arm.

„Wo bleibt ihr denn, Milla? Der Standesbeamte drängelt schon. Er hat gleich noch einen anderen Termin". Dreck! Der Standesbeamte durfte auf keinen Fall gehen!

„Brad hatte einen Unfall. Es geht allen gut, aber sie müssen noch auf die Polizei warten. Du musst unbedingt verhindern, dass der Standesbeamte geht". Dann hatte ich eine Idee. Vielleicht war mein Vater doch keine so große Risikoquelle. „Du musst ihm weiter Lottebov einflößen. Vorsicht mit der Dosierung. Er muss fahruntüchtig sein, aber noch im Stande sein uns zu trauen".

„Auf mich kannst du dich verlassen". Mein Vater legte auf. Er hatte eine Mission. „Wenn der Standesbeamte nicht mehr fahren kann, dann kann er das Brautpaar nach euch ja nicht mehr trauen". „Es ist jetzt nicht der richtige Zeitpunkt moralische Werte zu entwickeln, Louise. Wenn er uns getraut hat, fahren wir ihn, wohin er will. Aber nicht vorher. Hoffentlich ist die Polizei schnell da". Louise zog ihr Handy aus der Tasche. „Wie gut, dass ich mir am Junggesellinnenabend die Telefonnummer des süßen Polizisten gesichert habe". Sie zwinkerte mir zu und wählte seine Nummer.

Ich schaute meine Nachrichten durch. Ronda, der ich versprechen musste Fotos vom Hochzeitskleid zu schicken, hatte bereits mehrmals geschrieben.

„Die Hochzeit verschiebt sich. Herr Willis und Herr Frank hatten einen Unfall und das Auto ist kaputt", schrieb ich zurück.

Ronda antwortete prompt. *„Keine Sorge. Ich kümmere mich darum"* . Wie wollte sie das denn bitte machen?

„Geregelt. Der heiße Polizist, also Stefan, fährt zum Unfallort und sorgt dafür, dass Brad und Marc nicht lange warten müssen". Louise goss sich zufrieden ein weiteres Glas Prosecco ein.

„Ach ja, ich habe ein Date für heute Abend. Ich habe gesagt, er müsse in Uniform kommen, schließlich war er ja mit daran schuld, dass ich

letzte Woche den Stripper nicht zu Gesicht bekommen habe".

Nach einer gefühlten Ewigkeit, hörten wir ein
lautes Hupkonzert vor dem Hotelzimmer. Ich
rannte zum Fenster und schaute heraus. Dort
standen eine schwarze Stretchlimousine, ein
Polizeiauto und diverse andere Autos. Mein Telefon klingelte.

„Bist du bereit Mrs Madison-Willis zu werden?".
Er hatte ja keine Ahnung wie bereit ich war.
Louise und ich rannten, so schnell es das
Brautkleid zuließ, nach draußen. Brad kam auf
mich zu und küsste mich. „Du siehst wunderschön aus, mein Schatz". Er öffnete mir die Türe und ich stieg in die Limousine. Ich traute
meinen Augen nicht. Neben Brads älterem
Sohn Henry saß Ronda. „Ich habe Ihnen doch
gesagt, dass ich mich darum kümmere. Susanne aus Ihrer Klasse hat mir die Nummer von
Herrn Frank gegeben und so habe ich heraus

bekommen, wo der Unfall passiert ist. Einer meiner Cousins arbeitet für einen Limousinenverleih und hat uns das Auto besorgt. Er sitzt übrigens bei Herrn Frank vorne". Ich brauchte eine Weile, um die Informationen zu verarbeiten. Meine Schüler waren die besten, die man sich vorstellen konnte.

Ronda beugte sich zu mir rüber und flüsterte mir zu, „Ich habe mir Henrys Nummer klar gemacht. Vielleicht sind wir bald verwandt". Ein Traum.

Brad nahm meine Hand. „Deine Schüler und Louise haben ganze Arbeit geleistet. Der Polizist war im Handumdrehen am Unfallort. Keine Ahnung, was Louise ihm dafür versprochen hat". Ich musste lachen.

„Wahrscheinlich, dass sie ihm ihre Brüste zeigt. Das hat sie damals den Leuten, die mein Sofa transportieren sollten, auch angeboten".

Die Autokolonne setzte sich in Bewegung. „Es kann sein, dass unser Standesbeamter nicht mehr hundertprozentig nüchtern ist, aber wir hatten keine andere Wahl".

Brad kannte mich mittlerweile lange genug, um nicht nach einer Erklärung zu fragen.

Ich drehte mich um und schaute aus dem Fenster. Hinter uns saß Louise neben ihrem Polizisten und winkte glücklich. Die anderen Autos folgten uns ebenfalls. Sehr eigenartig.

„Ronda, was sind denn das alles für Autos?". Ronda grinste über das ganze Gesicht. „Glauben Sie etwa, ich konnte die Anderen davon abhalten, bei Ihrer Hochzeit dabei zu sein?!" Mit einem letzten Keim Hoffnung fragte ich, „Das ist ein Scherz, oder?"

„Mit so etwas macht man keine Scherze, Frau Madison". Ronda schien sich zu freuen, nun doch an unserer Hochzeit teilnehmen zu können. Hoffentlich passen alle in den Garten, dann haben wir bestimmt nicht genug zu Essen. Tausend Fragen schossen mir durch den Kopf.

„Es ist doch schön, dass nun fast alle deine Kinder bei unserem großen Tag dabei sein können, Schatz". Brad war der geborene Optimist und eigentlich hatte er recht. „Und um das Essen und die Getränke musst du dir keine Gedanken machen. Jeder hat etwas mitgebracht. Deine Schüler sind echte Organisationstalente". Ich musste lachen. „Vielleicht schaffen wir dieses Talent ja auch noch auf den Unterricht zu übertragen". Ronda verzog gespielt erbost ihr Gesicht. Dann widmete sie Henry wieder ihre volle Aufmerksamkeit. Der schien nicht so ganz abgeneigt zu sein, aber dennoch war er durch Rondas offensive Art ein wenig eingeschüchtert. Vielleicht würden wir wirklich bald verwandt sein und Ronda bei uns ein- und ausgehen. Oh Gott, dann müsste ich dringend aufräumen.

Als wir in der Limousine bei meinen Eltern vor-
fuhren, rannte mein Vater schon aufgeregt vor
dem Haus auf- und ab. „Da seid ihr ja endlich!
Der Standesbeamte verträgt nicht wirklich viel,
daher mussten wir die Ablenkungstaktik ändern.
Deine Mutter zeigt ihm gerade Handyvideos und
redet auf ihn ein. Der Arme kommt gar nicht zu
Wort". Das konnte ich mir bildlich vorstellen.

Brad küsste mich und ging mit Henry und John
schon einmal rein. Marc wartete mit meinem
Vater und mir vor der Türe. Nach und nach stiegen aus den anderen Autos unsere Schüler
aus. Sie kamen auf mich zu und umarmten
mich. Ich war wahnsinnig gerührt. Jetzt nur nicht
weinen.

Dann war es endlich so weit. Steve und Santos
gaben uns das Signal, dass wir eintreten durften. Ich hakte mich bei meinem Vater unter und
wir gingen den Weg entlang auf dem Standesbeamten zu. Mein Vater schien es etwas eilig zu

haben und ich hatte Mühe ihm in meine Kleid zu folgen.

„Wer hätte das gedacht. Jetzt werde ich dich doch noch los", er grinste mich schelmisch an. Hallo?! Was sollte das denn heißen. Das klang ja, als hätte Brad eine Niete geangelt. Wenn ich eines war, dann der Hauptgewinn, gut getarnt durch das maximale Chaos, das ich überall verbreitete.

Brad stand mit Henry, John, Ruby und Joshua in der Laube, die meine Eltern und mein Bruder Tim extra für die Trauung aufgebaut hatten. Sie war wunderschön mit Blumen dekoriert. Ich fühlte mich wie im Märchen, aber mein Märchen wurde jetzt wahr.

Als ich bei Brad angekommen war, lächelte er mich an und es kribbelte wild in meinem Bauch.

Der Standesbeamte begann mit der Trauung und er sprach zwar langsam und bedacht, aber in grammatisch korrekten Sätzen. Mehr erwartete ich auch gar nicht.

Brad nahm einen der Ringe und sagte:

„Meine liebe Milla, ich hatte die Hoffnung bereits aufgegeben, eine Frau wie dich zu finden. Ich bin so dankbar, dass wir damals zur gleichen Zeit online waren und uns gefunden haben. Du hast Ecken und Kanten und ich weiß du hältst dich selber nicht für perfekt, aber für mich bist du es. Ich liebe dich und werde immer für dich und unsere Kinder da sein".

Als er von unseren Kindern sprach, schaute er zuerst auf Ruby, Joshua, Henry und John und anschließend in die Reihen der anwesenden Schüler und zwinkerte ihnen zu. Sie honorierten das mit lautem Beifall. Seine Worte hatten mich mitten ins Herz getroffen. Er nahm meine Hand und steckte mir den Ring an den Finger. Vor lauer Nervosität zitterten meine Hände.

„Ich weiß, dass es nicht einfach ist, mich zu lieben. Ständig mache ich mir über alles und jeden Gedanken und fühle mich unsicher. Vielleicht liebe ich mich selber nicht so wie ich sollte, weil ich ständig denke ich sei nicht genug. Wenn ich mit dir zusammen bin, weiß ich bin genug. Ich liebe dich von ganzem Herzen und ich verspreche dir, dass ich dir alle Liebe geben werde, , dass du vergessen wirst, wie es war bevor ich in dein Leben getreten bin. Mit mir wirst du immer jemanden zum gemeinsamen Lachen, aber auch zum Weinen haben, deine Sorgen werden auch meine Sorgen sein genau *so wie ich deine Freude und deine Glücksmomente mit dir teilen werde. Deine Kinder sind wie meine eigenen Kinder. Ich habe sie tief in mein Herz geschlossen. Ich liebe dich."*

Mit zitternden Händen steckte ich Brad den Ring an.

Jetzt waren wir offiziell Mann und Frau. Wir hielten uns an den Händen und schauten uns tief in die Augen, bis wir durch ein lautes Rufen unterbrochen wurden.

„Jetzt küssen Sie sie doch endlich, Herr Willis!". Es war unüberhörbar Alihans Stimme. Das ließ Brad sich nicht zweimal sagen und küsste mich.

Als ich mich umdrehte, um zu den anderen Gästen zu gehen, flog mir Louise um den Hals. „Na endlich. Ich dachte schon, ich würde nie auf deiner Hochzeit tanzen".

Louise und die anderen Brautjungfern mussten sich während der Trauung die Junggesellinnen T-Shirts über ihre Kleider gezogen haben und nun standen sie alle in den *Milla macht`s* Oberteilen da. Ich schaute Louise strafend an und Brad musste lachen.

„Was regst du dich denn so auf?", sagte Louise und sie und die anderen Mädels drehten sich um. Auf der Rückseite ihrer T-Shirts stand, *„...ab jetzt nur noch mit Brad"*. Jetzt musste ich auch lachen. Das war wirklich eine lustige Idee.

Steve und Santos hatten sich angeboten, den Standesbeamten nach unserer Trauung zu seinem nächsten Termin zu fahren und waren mit ihm schon fast an der Ausgangstüre. Hastig rannte ich ihnen hinterher. Ich brauche noch eine Unterschrift von Ihnen, Herr Brand", rief ich dem Standesbeamten schon von Weitem entgegen. Er schaute mich verwundert an. Ich hielt ihm einen Zettel entgegen.

Sehr geehrter Herr Prof. Dr. Miller,

hiermit bestätige ich, dass ich Frau Milla Madison-Willis, geborene Madison und Herrn Brad Willis am heutigen Tag standesamtlich getraut habe. Ich bin dazu befugt Trauungen vorzunehmen und war bei der Trauung auch im Vollbesitz meiner geistigen Kräfte.

Mit freundlichen Grüßen,

„Ich brauche diese Beglaubigung, um an einer Studie teilnehmen zu können". Herr Brand schaute mich irritiert an. Angesichts des Zeitdrucks unterschrieb er ohne weitere Fragen zu stellen. Diesem Prof. Dr. Miller würde ich es schon zeigen. Manchmal werden kluge Frauen eben doch geheiratet. Seine Studie musste definitiv wiederholt werden.

Die Feier war wirklich wunderschön und meine Schüler benahmen sich dem Anlass entsprechend erstaunlich gut. Brad und ich tanzten unseren Hochzeitstanz und anschließend tanzte er mit Ruby. Alihan ging auf die Bühne und griff zum Mikrofon.

„Liebe Frau Madison-Willis, lieber Herr Willis, ich habe anlässlich Ihrer Hochzeit ein kleines Gedicht geschrieben".

Die Musik wurde unterbrochen. Ich war völlig gerührt. Alihan wurde noch zu einem richtigen Poeten. Wir sollten dringend einen Peotry Slam in der Schule veranstalten.

Alihan räusperte sich und faltete ein Blatt Papier auseinander.

„Frau Madison-Willis, zu Ihrem Hochzeitsfeste

wünschen wir Ihnen und Herrn Willis nur das Beste.

Wir wünschen Ihnen alles Glück der Welt

und immer genug Geld.

Wir hoffen Ihre Zukunft wird wundervoll,

weil Sie verdienen es, denn Sie sind einfach

toll".

Alle Gäste klatschten begeistert. Alihan schien durch so viel Applaus angespornt und dichtete weiter. Diesmal völlig frei und ohne Vorbereitung.

„Es ist noch früh

und es gaben sich alle mit den Vorbereitungen

so viel Müh`.

Die Nacht ist sternenklar

und alle Gäste sind noch da.

Ihre Hochzeit ist so schön und niemand will gehen,

wahrscheinlich werden sie uns nachher anflehn.

Drum lassen sie uns tanzen und hip-hoppen

und Mr Willis und Sie bis in die frühen Morgen-
stunden..."

Alihan machte eine Pause. Vermutlich fiel ihm kein angemessener Reim ein.

„Poppen", sagte Louise neben mir unüberhör-bar. Danke auch. Alihan hatte die kurze Pause wohl genutzt, um nachzudenken und fügte hin-zu,

„... zu tanzen und online zu shoppen."

Sehr gut. Er hatte noch einmal die Kurve be-kommen. Die Musik begann wieder zu spielen. Brad kam auf mich zu und nahm mich in den Arm. „Es ist eine wunderschöne Hochzeit, Mrs. Madison-Willis. Ab jetzt bin ich immer an deiner

Seite, wenn du Menschen aus brennenden Häusern rettest, eines unserer Kinder in einer fremden Stadt ausfindig machst, Vermisstenfälle aufklärst oder Kälber zur Welt bringst. Das musst du jetzt nie mehr alleine machen. Ich liebe dich".

„Bist du dir da ganz sicher? Das mit dem Kälbchen war schon eine ziemlich ekelige Angelegenheit", scherzte ich. „Ganz sicher", antwortete Brad, nahm mich in den Arm und küsste mich.

Milla Madison

Landwehrstraße 1c

50667 Köln

Prof. Dr. Miller

University of Texas

Austin, Texas - USA

25. Juli 2018

Betreff: Messbarkeit des Kriteriums

chaotisch

Sehr geehrter Herrr Prof. Dr. Miller,

ich möchte Sie darauf hinweisen, dass Ihre Annahme, dass es sich bei dem Merkmal „chao-

tisch" um eine nicht messbare Größe handelt, falsch ist.

Bei meiner Recherche bin ich auf einige Studienergebnisse gestoßen, die das Merkmal „chaotisch" sehr wohl als messbar ansehen.

Die Studie der University of Minnesota fasst unter dem Merkmal chaotisch beispielsweise Unordentlichkeit auf. Anhand meiner Intelligenzteste, die ich Ihnen als Anhang mitgeschickt habe, können Sie erkennen, dass ich über einen überdurchschnittlichen Intelligenzquotienten verfüge. Eine überdurchschnittliche Intelligenz ist auch dann gegeben, wenn man den Mittelwert der drei Teste ermittelt.

Das Merkmal der Unordentlichkeit erfülle ich zudem überdurchschnittlich gut. Als Beweis habe ich Ihnen sowohl ein Foto meines Wohnzimmers als auch meines Schreibtisches in der Schule mitgeschickt. Diese Unordentlichkeit ist demnach nicht nur auf den häuslichen Bereich, sondern auch auf meinen Arbeitsplatz bezogen.

Nicht nur ich, sondern auch andere als überdurchschnittlich intelligent getestete Studienteilnehmer/innen zeigen eine deutliche Korrelanz zwischen dem Merkmal klug und unordentlich. Demnach ist Ihre Annahme sowohl hinsichtlich der Überprüfbarkeit des Merkmals chaotisch als auch hinsichtlich seiner Korrelanz zum Merkmal klug fehlerhaft.

Nimmt man nun noch hinzu, dass ich inzwischen geheiratet habe (eine beglaubigte Heiratsurkunde liegt diesem Schreiben anbei), liegt es offensichtlich auf der Hand, dass Ihre Studie über intelligente Frauen einer neuen Überprüfung bedarf.

Sollten Sie noch immer letzte Zweifel daran haben, dass ich als geeignete Testperson in Frage komme, so räume ich diese gerne aus.

Nach der Studie der London School of Economics gilt es als erwiesen, dass intelligente Frauen gerne Alkohol trinken. Dabei steigt der Alkoholkonsum linear zum Intelligenzquotienten. Ein beigefügtes Bild meines Leergutes sollte jeglichen Zweifel an meiner überdurchschnittlichen Intelligenz ausräumen.

Für Ihre künftige Arbeit empfehle ich Ihnen mit Universitäten, die ähnliche Studien durchführen, zwecks Synergieeffekten zusammen zu arbeiten. Damit schließen Sie doppelte Prüfungen und Fehler, wie in Ihrer Prüfung, aus.

Ich stehe Ihnen, wie bereits angeboten, gerne in allen Schulferien zur Verfügung. In diesen

Sommerferien bin ich allerdings in der dritten und vierten Ferienwochen nicht da, da ich in Flitterwochen bin.

Mit freundlichen Grüßen,

Milla Madison-Willis

Anlagen

- Studie der University of Minnesota

- Studie der London School of Economics

- IQ-Teste

- Beglaubigte Urkunde meiner Hochzeit (sehen Sie!!!)

- Foto Leergut

- Fotos Wohnzimmer/ Arbeitsplatz Lehrerzimmer

Zeitfracht Medien GmbH
Ferdinand-Jühlke-Straße 7
99095 Erfurt, Deutschland
produktsicherheit@kolibri360.de